国际大奖小说

意大利安徒生儿童文学奖
《时代周刊》十大童书

我是你的隐形朋友

Confessions of an Imaginary Friend

[美] 米歇尔·奎瓦斯/著　　黄鸿砚/译

天津出版传媒集团
新蕾出版社

图书在版编目（CIP）数据

我是你的隐形朋友 /（美）米歇尔·奎瓦斯（Michelle Cuevas）著；黄鸿砚译. — 天津：新蕾出版社，2018.1（2025.4重印）
（国际大奖小说）
书名原文：Confessions of an Imaginary Friend
ISBN 978-7-5307-6640-8

Ⅰ.①我… Ⅱ.①米…②黄… Ⅲ.①儿童小说-中篇小说-美国-现代 Ⅳ.①I712.84

中国版本图书馆CIP数据核字（2017）第273560号

ⓒ 2015 by Michelle Cuevas.
Jacket art ⓒ 2015 by Merrilee Liddiard
Jacket design by Maria Fazio
Published by arrangement with Folio Literary Management, LLC and The Grayhawk Agency
Simplified Chinese translation copyright ⓒ 2018 by New Buds Publishing House (Tianjin) Limited Company
本书中文译稿由台湾远见天下文化出版股份有限公司授权使用
ALL RIGHTS RESERVED
津图登字：02-2015-100

书　　名	我是你的隐形朋友　WO SHI NI DE YINXING PENGYOU
出版发行	天津出版传媒集团 新蕾出版社 http://www.newbuds.com.cn
地　　址	天津市和平区西康路35号（300051）
出 版 人	马玉秀
电　　话	总编办（022）23332422 发行部（022）23332351　23332677
传　　真	（022）23332422
经　　销	全国新华书店
印　　刷	天津新华印务有限公司
开　　本	880mm×1230mm　1/32
字　　数	55千字
印　　张	6.25
版　　次	2018年1月第1版　2025年4月第20次印刷
定　　价	26.00元

著作权所有，请勿擅用本书制作各类出版物，违者必究。
如发现印、装质量问题，影响阅读，请与本社发行部联系调换。
地址：天津市和平区西康路35号
电话：（022）23332677　邮编：300051

前言

我是你的隐形朋友

一辈子的书

梅子涵

亲近文学

一个希望优秀的人,是应该亲近文学的。亲近文学的方式当然就是阅读。阅读那些经典和杰作,在故事和语言间得到和世俗不一样的气息,优雅的心情和感觉在这同时也就滋生出来;还有很多的智慧和见解,是你在受教育的课堂上和别的书里难以如此生动和有趣地看见的。慢慢地,慢慢地,这阅读就使你有了格调,有了不平庸的眼睛。其实谁不知道,十有八九你是不可能成为一个文学家的,而是当了电脑工程师、建筑设计师……可是亲近文学怎么就是为了要成为文学家,成为一个写小说的人呢?文学是抚摸所有人的灵魂的,如果真有一种叫作"灵魂"的东西的话。文学是这样的一盏灯,只要你亲近过它,那么不管你是在怎样的境遇里,每天从事怎样的职业和怎样地操持,是设计房子还是打制家具,它都会无声无息地照亮你,使你可能为一个城市、一个家庭的房间又添置了经典,添置了可以供世代的人去欣赏和享受的美,而不是才过了几年,人们已经在说,哎哟,好难看哟!

谁会不想要这样的一盏灯呢?

阅读优秀

文学是很丰富的,各种各样。但是它又的确分成优秀和平庸。我们哪怕可以活上三百岁,有很充裕的时间,还是有理由只阅读优秀的,而拒绝平庸的。所以一代一代年长的人总是劝说年轻的人:"阅读经典!"这是他们的前人告诉他们的,他们也有了深切的体会,所以再来告诉他们的后代。

这是人类的生命关怀。

美国诗人惠特曼有一首诗:《有一个孩子向前走去》。诗里说:

有一个孩子每天向前走去,

他看见最初的东西,他就变成那东西,

那东西就变成了他的一部分……

如果是早开的紫丁香,那么它会变成这个孩子的一部分;如果是杂乱的野草,那么它也会变成这个孩子的一部分。

我们都想看见一个孩子一步步地走进经典里去,走进优秀。

优秀和经典的书,不是只有那些很久年代以前的才是,只是安徒生,只是托尔斯泰,只是鲁迅;当代也有不少。只不过是我们不知道,所以没有告诉你;你的父母不知道,所以没有告诉你;你的老师可能也不知道,所以也没有告诉你。我们都已经看见了这种"不知道"所造成的阅读的稀少了。我们很焦急,所以我们总是非常热心地对你们说,它们在哪里,是什么书名,在哪儿可以买到。我就好想为你们开一张大书单,可以供你们去寻找、得到。像英国作家斯蒂文生写的那个李利一样,每天快要天黑的时候,他就拿着提灯和梯子走过来,在每一家的门口,把街灯点亮。我们也想当一个点灯的人,让你们在光亮中可以看见,看见那一本本被奇特地写出来的书,夜晚梦见里面的故事,白天的时候也必然想起和流连。一个孩子一天

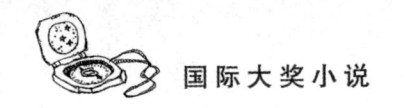

天地向前走去,长大了,很有知识,很有技能,还善良和有诗意,语言斯文……

同样是长大,那会多么不一样!

自己的书

优秀的文学书,也有不同。有很多是写给成年人的,也有专门写给孩子和青少年的。专门为孩子和青少年写文学书,不是从古就有的,而是历史不长。可是已经写出来的足以称得上琳琅和灿烂了。它可以算作是这二三百年来我们的文学里最值得炫耀的事情之一,几乎任何一本统计世纪文学成就的大书里都不会忘记写上这一笔,而且写上一个个具体的灿烂书名。

它们是我们自己的书。合乎年纪,合乎趣味,快活地笑或是严肃地思考,都是立在敬重我们生命的角度,不假冒天真,也不故意深刻。

它们是长大的人一生忘记不了的书,长大以后,他们才知道,原来这样的书,这些书里的故事和美妙,在长大之后读的文学书里再难遇见,可是因为他们读过了,所以没有遗憾。他们会这样劝说:"读一读吧,要不会遗憾的。"

我们不要像安徒生写的那棵小枞树,老急着长大,老以为自己已经长大,不理睬照射它的那么温暖的太阳光和充分的新鲜空气,连飞翔过去的小鸟,和早晨与晚间飘过去的红云也一点儿都不感兴趣,老想着我长大了,我长大了。

"请你跟我们一道享受你的生活吧!"太阳光说。

"请你在自由中享受你新鲜的青春吧!"空气说。

"请你尽情地阅读属于你的年龄的文学书吧!"梅子涵说。

现在的这些"国际大奖小说"就是这样的书。

它们真是非常好,读完了,放进你自己的书架,你永远也不会抽离的。

很多年后,你当父亲、母亲了,你会对儿子、女儿说:"读一读它们,我的孩子!"

你还会当爷爷、奶奶、外公和外婆,你会对孙辈们说:"读一读它们吧,我都珍藏了一辈子了!"

一辈子的书。

目录
我是你的隐形朋友

1 所有人都讨厌雅克·帕皮尔	001
2 邪恶的腊肠狗弗朗索瓦	002
3 帕皮尔家的玩偶	004
4 不,我说真的, 　所有人都讨厌雅克·帕皮尔	006
5 我们的地图	008
6 莫里斯大爷	010
7 目瞪口呆	014
8 看见	016
9 可笑的R	018
10 我和我(新认识)的死党	022
11 小清单:关于我的幻想朋友	025
12 大龙鲱鱼	027
13 穿溜冰鞋的牛仔女孩	031
14 狗叫,蟋蟀叫,小鸟叫	033
15 跳舞的灰尘	035
16 所有人(依然)都讨厌雅克·帕皮尔	037

17 大浪就要来了	039
18 雅克·帕皮尔在本章面临"存在"困境	042
19 锅子,铲子,以及我们愚蠢人生的每一刻	045
20 美人鱼与马	048
21 可怜先生	051
22 臭袜子那短而难闻的故事	054
23 邀请	057
24 幻想朋友匿名会	059
25 月光	062
26 吓人鬼	064
27 我的地图	068
28 我,雅克·帕皮尔获得自由后的待办事项列表	071
29 飙靴子的牛仔	073
30 帮一个小忙	075
31 起航	077
32 黑暗	079
33 自由	082

目录

我是你的隐形朋友

34	笨贼二人组	084
35	我不干了!	087
36	重新派遣表	089
37	重新派遣办公室	092
38	我最讨厌的东西	095
39	莫拉与狗永远在一起	099
40	雅克·帕皮尔的肖像画	101
41	幻想紧急状况	103
42	揉肚子与萤火虫	107
43	狗做了我的作业	109
44	史上最棒的狗	112
45	我将会怀念的事物	115
46	吓呆的草原土拨鼠	119
47	荒色	121
48	月光投在地上的发亮的方块	125
49	龙虾出击	128
50	小蝴蝶面	132

51 你刚刚就在了吗？	135
52 小伯纳宝贝的第一个通顺的句子	138
53 隐藏的面貌	142
54 一片绒毛上的世界	145
55 伯纳的才艺	148
56 喜剧天才	151
57 不再隐形	155
58 八千亿颗新星	158
59 鳃与翅膀与绿色鳞片	162
60 欢迎回家,雅克·帕皮尔	165

献给卡莉：我想象不到比你更棒的朋友

1
所有人都讨厌雅克·帕皮尔

是的,全世界的人们呀,我正在写我的回忆录。我把第一章的章名起得很直接:

所有人都讨厌雅克·帕皮尔

我认为这并不是一个戏剧化的形容,它道破了我在这八年的人生里所经历过的所有大风大浪。我很快就要写到第二章了,所以在此我要承认一件事:其实,第一章写得有些夸张,就跟我家的腊肠狗弗朗索瓦那长长的身子一样夸张。并不是所有人都讨厌我,有三个人是例外:

我妈妈。

我爸爸。

我的双胞胎姐姐——芙乐。

如果你够细心,就会发现我没把腊肠狗弗朗索瓦列进这份清单里。

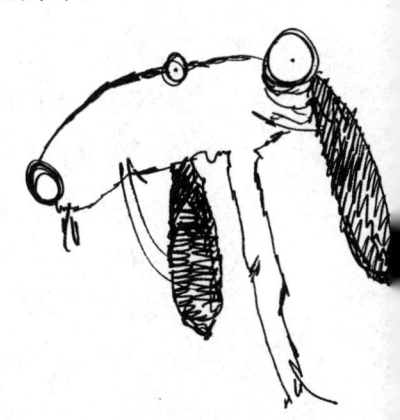

2
邪恶的腊肠狗弗朗索瓦

男孩与狗很可能是所有经典组合当中最经典的一组了。

就像花生酱与果冻。

左脚与右脚。

盐巴与胡椒。

但是——

我跟弗朗索瓦的关系比较特殊,就像花生酱搭果核儿,左脚踩进捕兽夹,盐巴撒在伤口上。你能想象那画面了吧?

老实讲,我们的不合不完全是弗朗索瓦造成的。它的"狗生之路"相当不顺,我认为是造狗的人有点儿心不在焉,才会把弗朗索瓦的肥短腿接到香蕉形的身体上。如果人类外出散步时,肚子也一直在地上拖来拖去,我们的脾气大概也不会好到哪里去吧。

  我的爸爸妈妈把幼犬弗朗索瓦带回家的那天,它闻完我的双胞胎姐姐后咧嘴而笑,而闻完我就开始吠叫。这状况一直持续了八年。只要它那只讨人厌的鼻子一闻到我,它就会开始叫。

3
帕皮尔家的玩偶

帕皮尔在法文里的确是"纸"的意思,不过我家不造纸也不卖纸,我家靠幻想吃饭。

"真的有人需要玩偶吗?"芙乐问我们的爸爸。说实话,当我想到爸妈经营的玩偶店时,经常会和她一样纳闷儿。

"亲爱的宝贝,"我们的爸爸说,"我认为真正该问的是'有谁不需要玩偶呢?'"

"比如花店老板。"芙乐回答,"还有音乐家、厨师、新闻主播……"

"那可不一定哟。"爸爸说,"现在,我就是花店老板,有人说对植物说话可以让它们生长得更好,而我经常和玩偶聊天儿,所以我们的花是最美的。"他转过身,又压低了嗓音说道:"哎呀,看看我,我是钢琴家,两只手各套一个玩偶,我就有四只手可以弹琴了呀;嗯,你好,我是厨师,如果哪天我把拿烤盘用的连指手套忘在家里,我就可以把玩偶想象成手套嘛;噢,再看看我,现在我是新闻主播,我以前都独自一人播报新闻,但现在有玩偶可以陪我耍嘴皮子了。"

"好吧。"芙乐无奈地说,"孤单、没有聊天儿对象的人确实需要玩偶。幸好雅克和我可以彼此陪伴,现在,我们要一起出去玩了。"

我微笑着向爸爸挥挥手,然后跟着芙乐走出门去。门关上的瞬间,铃铛响了一下,我们在那一刻脱离众多玩偶的冰冷视线,投入午后温暖的阳光之中。

4
不,我说真的,
所有人都讨厌雅克·帕皮尔

学校,这种残酷的地方是谁设计出来的?说不定把各种零件拼凑成腊肠狗的人也是他吧!学校真的是一个再好不过的例子,来证明所有人(真的是所有人)都讨厌我。就让我举这个礼拜发生的事情来说明吧!

星期一,班上同学踢足球,两队队长亲自挑选每一个队员。但他们来到我面前时都选择直接跳过我,然后就开始比赛了。我一直到比赛结束前一秒钟都还在等着被召唤上场。

星期二,我是班上唯一一个知道爱达荷州首府在哪里的人。我高高举起手,甚至挥动个不停,像是大海中央的手套玩偶。结果,老师却说:"真的吗?没人知道答案?没人吗?"

星期三，午餐时间，有个高高壮壮的男生差点儿一屁股坐到我身上。我手忙脚乱地从座位上站起来，才没被压死。

星期四，我排队等公交车，结果轮到我上车前，公交车司机当着我的面关上车门，然后直接开走了。"喂，你怎么能这样！"我大喊，但喊出的话都消失在汽车排出的废气中了。芙乐只好让公交车司机停车，然后下车陪我走回了家。

所以，到了星期五的早上，我求爸妈让我待在家，我不想去上学了。他们没说不行，沉默是他们的回复。

5
我们的地图

从我有记忆开始,芙乐和我就一直在制作"我们的地图"。地图上有我们不假思索就画上去的地方:青蛙池塘,有最棒的萤火虫出没的田地,以及刻着我们名字第一个字母的大树。

地图上也有我们世界里恒久不变的地标,例如玩偶店山、弗朗索瓦峡湾,还有爸妈巅。

上头还有别的地方。

最棒的地方。

只有我们俩才找得到的地方。

学校里有个男生嘲笑芙乐的牙齿,她就哭出了一条满是泪水的小溪;我们找了一个地方埋下时空胶囊,后来我们又把时空胶囊改埋到一个(目前来说)更适合的地方;每年夏天,我们会在人行道上设立一个粉笔画廊;让我打破攀爬高度纪录的树也在地图上，那次我爬到高处后跌了下来，但我们并没让爸妈知道。除此之外，还有红鹅、大角熊、鸵猩们闲逛和吃草的地方，我藏芙乐微笑（她用眼睛，而非嘴巴展现的微笑）的橡树洞……我们在某些地方隐藏自己，在某些地方发现惊喜，还在某些地方装满秘密。

对，只有她和我才看得到的世界真的存在着。任何好朋友之间都有这样的世界。

6
莫里斯大爷

　　我们家偶尔会在星期天去当地的儿童博物馆。说是博物馆，但那里只有一堆吹出来的泡泡、旧旧的石头，还有一些给小朋友玩的玩意儿，没别的了。我们不是为了那些去的，我们在星期天去是因为可以吃免费爆米花，还能"享受"莫里斯大爷的"魔术"。

　　莫里斯很老，并不是祖父甚至曾祖父那种程度的老，他真的很老很老。他要是吃生日蛋糕，花在蜡烛上的钱肯定会比蛋糕本身还多。我认为连他记忆中的画面都是黑白的。

　　还有他的魔术！魔术是最糟的部分。他曾经从留声机里变出一只鸽子。天哪，留声机呀！他至少有一千岁了吧！

　　每次和芙乐去看他的表演，她都会凑近我，听我耍嘴皮子。

"莫里斯太老啦,"我轻声说,"他的成绩单上面都是象形文字。"

芙乐捂住嘴,以免咯咯的笑声一不小心跑出来。

"莫里斯太老啦,"我接着说,"他出生时,死海还没'死',咳嗽咳不停。"

遗憾的是,在那个星期天,我们两个人都没注意到,莫里斯大爷已经发现我们在嘲笑他的演出。

"小女孩,"莫里斯大爷在我们面前停下脚步,手中捧着一只看上去很忧郁的兔子,"你在跟谁讲悄悄话呀?"

"这是我弟弟。"芙乐说,"他叫雅克。"

"这样啊……"莫里斯点点头,"那雅克说了什么风趣的话给你听啊?"

芙乐的脸颊变得跟她的发色一样红了,她还尴尬地咬着下嘴唇。

"嗯……"芙乐说,"他认为你……很老,而且还是个骗子。雅克说这些魔术都不是真的。"

"了解。"莫里斯说,"世上充满了疑心病重的人呢。"

莫里斯试图甩动他的斗篷耍帅。咻!结果,他伤到了背,不得不依靠拐杖走回了舞台。

"疑心病重的人说魔术是假的。但你们知道吗?我根本

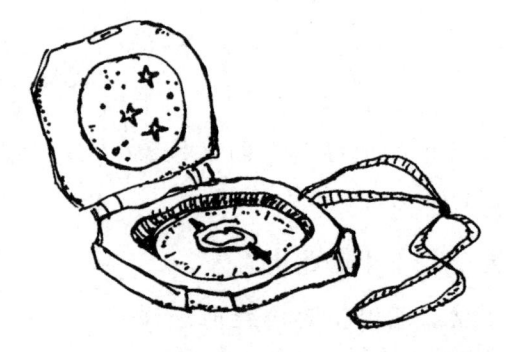

不用说任何话反驳,只需要这个。"

莫里斯从坎肩口袋中掏出一个坏掉的旧指南针,看起来就跟他的人一样老。指针只会指向一个方向:持有者所在的位置。

"上来吧,小女孩,你当我的助手。"

芙乐站起来,不太情愿地走上台,来到莫里斯身旁。我觉得很内疚,心里祈祷着他不会把她关到箱子里,然后拿剑刺穿箱子。

"拿着这个。"莫里斯说完,把指南针交给了芙乐。

"我准备把你变没了。"他走到一个跟人差不多大的柜子跟前,打开门,示意芙乐进去。芙乐照做了,而他把柜门在她的身后关上。

"阿拉卡赞!"莫里斯大喊。我忍不住翻了个白眼。

但当莫里斯打开柜门时,我吓了一大跳——芙乐不见了!观众席中立刻传出激动的交头接耳声。

"好啦,芙乐,"莫里斯喊道,"如果你敲指南针三次,你就会回来。"

莫里斯再次关上柜子,等门后传来三次敲击声后再开门。砰！芙乐又出现了。

哇！观众显然陷入疯狂了。老莫里斯向大家鞠了个躬。（也可能没有，旁人很难判断，因为他原本就驼背。）芙乐试图把指南针还给莫里斯，但他摇摇头，握住芙乐的手，让她的手指扣回指南针上。

"这世界是个大谜团。"莫里斯说，"没有什么是不可能的。而你呢，芙乐，你其实应该知道，眼睛看不到的，不一定就不存在哟。"

7
目瞪口呆

隔天,我听到爸妈进了他们自己的卧室后,就开始把玩在魔术秀上得到的指南针,试图把腊肠狗弗朗索瓦变没了。帕皮尔家的墙壁薄得像纸一样,因此,我无意间听到了改变我一生的对话。

"你认为,"我听到妈妈说,"有没有想象力太旺盛这种事?"

"也许有吧……"爸爸回道,"也许我们不该在玩偶这么多的环境下养小孩儿,也许那些转来转去的眼睛和动个不停的嘴巴把她搞糊涂了。"

我听到妈妈叹了一口气后说道:"我们也不该陪她演那么久。买上下铺也就算了,但在餐桌旁边多放一把椅子?多买一支牙刷?买第二套学校课本?我还以为芙乐长大后,自己就会把幻想朋友抛到脑后了。"

我大受震惊。

浑身僵硬。

目瞪口呆。

我姐姐,我最亲的人有个幻想朋友,她却从来不曾告诉我。

8
看 见

噢,芙乐!

我们有什么东西都一起分享:上下铺、浴缸、香蕉船……有一次我们甚至一起分享(请做好心理准备)一块口香糖!原本是她在嚼,我没的嚼,她就把口香糖一分为二,像是在分配点心版的所罗门宝藏。或许这样有点儿恶心,或许这就是爱,又或许,这是恶心和爱融合成的黏球。

但现在,却冒出一个天大的秘密——幻想朋友?

我们是那么亲近,芙乐能够明白我的想法,她比我还早知道我心里有些什么念头。

"你早餐想吃什么?"妈妈问。

而芙乐会大声回话:"雅克要吃松饼,而且是形状跟莫扎特第四十号交响曲一样的!G小调!"

最诡异的是什么?是我真的想吃,真的!

老实说,那是所有人都想要的体验:有人用那样的方式了解你,看见你。我说的"看见"不是指看见头发或衣服,而是看见你的本质。我们都希望遇到一个人,他了解真正的我们,知道我们所有的怪癖后也能体谅我们。你有没有碰到过谁用这种方式"看见"你?真正、真切地看见你心中最深的部位,是世界上的其他人似乎都看不到的部位?

希望你碰到过这种人。

我就碰到过。

芙乐就是。

9
可笑的 R

隔天早上醒来，我沮丧的心情平复了一点点，愤怒和困惑被盘算取代。这个游戏，我可以奉陪。

我说的游戏不是"大富翁"或者"超级飞车"，虽然这些我很擅长啦，我说的是芙乐玩的幻想朋友游戏。我也准备找一个自己专属的幻想朋友。这点子太棒了。

老实说，我对这个游戏并不是很了解，因此我跑去图书馆，准备对这个"课题"进行一下研究。

"不好意思，"我对图书馆管理员说，"请问你们有没有谈幻想朋友的书？那会在 I 区还是 F 区？也许是 R 区吧，因为它很'可笑'[①]！我说对了吗？还是说，我真的说对了？"

我举起手想和图书馆管理员击一下掌，但她继续堆她

[①]可笑的英文是 Ridiculous。

的书,完全无视我的存在。我知道这是怎么一回事。

"听我说,"我解释道,"我的狗弗朗索瓦是一头怪兽,它吃掉了我借回家的书。我认为你还是应该要向它收逾期罚款,而不是向我收,这点我很坚持。"

图书馆管理员打了个呵欠,推了推眼镜。

"好吧,算了。"我生气地说,"我会和发明十进分类法①的杜威老兄一起想办法找到书的,我们靠自己。"

我找了又找,最后总算在一个老旧的书架上找到幻想朋友的相关书籍,就放在一本谈独角兽的书和《北极旅游指南》之间。

幻想朋友　名词

① 你欣赏且乐于共处的人,但这个人并不真实存在。

② 某人的援助者或支持者,但只存在于某人的心中或想象中。

近义词:假想朋友,幻想死党,虚构好友,隐形密友,妄想知己,不存在的挚友,编出来的好兄弟

反义词:真实的仇敌

---

①全称为杜威十进制图书分类法,是由美国图书馆专家麦尔威·杜威发明的,对世界图书馆分类学有相当大的影响。

幻想朋友的栖息地

　　树林中可见他们的身影，有时也会出没在老默片①电影院、海边动物园、魔术道具店、帽子店、时空旅行店、造景花园、牛仔靴、城堡塔楼、彗星博物馆、美人鱼池塘、龙的巢穴、图书馆（深处的）书架、一堆叶子里、一堆松饼里、小提琴的肚子里、花苞里或一大群打字员当中。

　　不过，主要还是栖息在树林中。

幻想朋友的迁徙模式

　　幻想朋友有时得闲逛、旅行或流浪一大段路后，才会遇到看得见自己的人。一旦遇到这样的人，他们通常会在那个地方待上很久。

幻想朋友的食物

　　漂浮着云朵的奶昔和月光烤干酪。不过，他们的最爱是星尘。

幻想朋友的常见行为模式

　　幻想朋友大多时候都蹲在地上，直盯着草丛。近一点儿，近一点儿，再近一点儿……看到了吗？他们无时无刻不盯着某样东西的角落或裂缝，不管"某样东西"究竟是什

---

　　①默片，指无声电影。

么东西。

　　他们总是起得很早或很晚,乘坐在鲸鱼信差的背上来去;每天醒来时身上盖着歌声织成的毯子;喜欢写下鸟类的嗜好;像云朵般改变形状;对着月亮号叫;黑暗中化身为小夜灯;清高;无私;认可荒谬故事、涂鸦,以及各种小玩意儿的价值。他有信念。他相信自己,也相信你。

10
我和我(新认识)的死党

那本谈幻想朋友的书,真是一派胡言!

不过它确实教了我一些基本方法,让我至少能够假装自己拥有幻想朋友。

嗯,我不需要表现得太奇怪,只要在私底下跟我的新"朋友"一起玩就行了。不过我总是会确认芙乐在场后才开始我的表演。首先,我拿起一根跳绳,举到空中疯狂甩动,让她以为我的朋友正握着绳子的另一头儿。没起什么作用。接下来,我的朋友和我一起制作了一杯奶昔,然后在上头插了两根吸管。我们哈哈大笑了好一阵子,不过最后,奶昔几乎都是我一个人喝的。看来,我的新朋友不怎么喜欢巧克力。我们一起打扑克(每次都是我赢),一起玩跷跷板(上下摆动的次数不怎么多,我这头儿翘起的次数更少),甚至还激烈地玩接传球(不过几乎都是我在投球)。也许幻想朋友缺乏运动方面的技能？我得回图书馆再查查。

总而言之,这招总算奏效了。芙乐注意到了我的行径,问我到底在干什么。

"我在跟我新交的幻想朋友套交情啊。我的幻想死党。"我补充道。

"了解。"芙乐说,"那这个朋友如何？"

"如何？"我倒抽一口气。

"是啊,我是说,"芙乐说,"他长什么样子？喜欢什么？他最喜欢的颜色和歌曲是什么？他的兴趣、希望、梦想是什么？"

"好,好……"我点点头,"我朋友的头发有点红红、棕棕、亮亮、暗暗的,他有时候会穿衬衫,喜欢吃许多种……食物。"

"雅克,这是你编出来的吗？"芙乐问。

"不！"我大喊,"他绝对是如假包换的幻想朋友！是这样的,我有一张他的照片,不知道丢在哪里。我只要把它找出来,我们就可以继续讨论下去了。"

我冲出那个房间,进入我和芙乐共享的卧室,拉上门

闩。我帮自己争取到一些时间了。我坐到桌前,开始动脑筋想,使劲地想,我的幻想朋友到底是什么样的人?结果,我脑海中一片空白,什么都没有。我发现,这难度不亚于回想一个陌生人的五官细节。

11
小清单:关于我的幻想朋友

但就在这时,我灵光一闪。他是我编出来的,从头到脚都是!因此,我可以随心所欲帮这个幻想朋友编出任何特征。我真是天才,这招儿肯定管用!我开始列清单:

我的幻想朋友是个成功的税务会计师,他正在考虑创立自己的事务所。

(抱歉,我收回上面这一条。)

我的幻想朋友有花做的心脏,蜜蜂一天到晚绕着他嗡嗡飞,而他经常张着嘴行走在阳光下或细雨中,希望这样能有助于保持一颗健康的心脏。

我的幻想朋友是个巨人,他像杂技演员般耍弄着地球和其他行星,这也是行星之所以会自转的原因。他不常失手让地球坠落,但意外发生时,英国的瓷茶杯会飞出地球,要不然就是非洲猎豹身上的斑点会脱落。

我的幻想朋友的父亲是住在海中的大鱼，母亲是美人鱼，鱼鳞是绿色的。

我的幻想朋友看起来像颗土豆，个性也跟土豆一样。

12
大龙鲱鱼

当我总算完成了幻想朋友的设定后,就出去找芙乐。
"看好了!"
我拿起自己画的图给她看,这图非常的写实。
"为您呈献……大龙鲱鱼!"

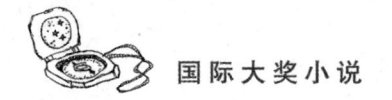

"哇!"芙乐说,"真棒呀。"

"我知道。"我骄傲地说。

芙乐停顿了一下:"那……它是什么?"

"当然是大龙鲱鱼啊。"我回答。

"我知道了,是半龙——"芙乐说。

"半鱼。"我接完她的话。

"它吃什么?"芙乐问。

"漂浮着云朵的奶昔和月光烤干酪。最爱的食物是星尘。"我答复。

"呃,可爸爸说我们今晚要吃肉卷。"

我转过身去,假装在说悄悄话,和实际上不存在的龙聊了半天。

"好吧。"我最后说,"它说肉卷它也吃。"

我们走向厨房,爸妈正在里头做饭。餐桌旁有四把椅子,一如往常。

"我们得摆第五把椅子在桌边了。"芙乐说。

"帮谁摆?"妈妈问。

"雅克有一个新的幻想朋友,"芙乐解释道,"它是半龙半鱼,但愿意吃你做的肉卷试试看。"

"真是我的荣幸。"妈妈说。我感觉到她的语气中有一

点点讽刺。

爸爸原本在翻搅火炉上平底锅内的食物,现在也停下了。妈妈坐了下来,闭上眼睛,揉着太阳穴,仿佛偏头痛又发作了。

"你是说,现在雅克有自己的幻想朋友了?"妈妈问,"你不觉得这有些……过头了吗?"

"不会啊。"芙乐说,并多拿了一组刀叉和盘子,"你们不是要我们拓展想象力吗?"

妈妈听完这句话,便伸出一根手指头指着爸爸,表达她的控诉。事实上,他确实经常把这种陈词滥调挂在嘴边。

由于芙乐给出的理由无法反驳,爸妈只好跟芙乐、我,以及巨大的幻想生物大龙鲱鱼一起挤在桌边吃饭。我承认这样空间有点儿窄。

晚餐后,我们一起去看电影,芙乐坚持要爸妈帮我的幻想朋友也买一张票。这时,爸爸说他发现自己已经看过这部电影了。于是,我们放弃看电影,改买冰激凌甜筒吃——我们一家人都爱吃巧克力棉花糖口味,就连大龙鲱鱼也不例外。那天晚上,芙乐做了噩梦,我们三个全都爬到爸妈床上寻求保护。可是大龙鲱鱼占去太多空间了,爸爸最后被挤下了床,咚一声掉在地上。他在这时发出了吼叫。

"够了！我受够了！这想象力实在……实在……丰富过头了！"穿着睡袍的他站了起来，头发像疯子一样蓬乱。"太多了！"他说，"一个女孩有幻想朋友就算了，现在连幻想朋友都有他自己的幻想朋友了？不，不，过头了！这就像是想象力构成的俄罗斯套娃！像是画了一幅画，但内容是另外一幅画！像是风被其他风吹到着凉，或者浪泡在海中！像是读一本小说，但它的内容完全在描述另一部小说！像是音乐听着自己的旋律踩节拍，然后说'哇，我好爱这首歌！'"

也许我们把爸爸逼得太过头了。

但我无法思考这个，因为他说的第一句话占据了我的脑海。

连幻想朋友都有他自己的幻想朋友。

我不知道那是什么意思。但我听了之后，肚脐附近突然冒出不太舒服的感觉。

13
穿溜冰鞋的牛仔女孩

太阳逐渐西沉,我吸光了铝箔包底部的最后几滴果汁。然后,我压扁纸盒,把它丢到秋千后面那一堆纸盒里头。

我坐在秋千上,但没有摆动秋千。烦恼和糖分令我的头垂得低低的,像是宿醉未醒的牛仔。

"你喝了多少啊,伙计?"

我抬起头,看到一个年纪跟我差不多、做牛仔打扮的女孩。她没穿靴子,而是穿着一双溜冰鞋,鞋子侧边装有马刺。

"关你什么事!"我咕哝道。

"这位子有人坐吗,伙计?"她指着另一个秋千问,"愿意聊聊是什么事让你这么忧郁吗?"

"不!"我回答,"我不想跟你谈我的姐姐,完全不想!我

也不想告诉你,她有幻想朋友却从来不跟我说!我最最不想告诉你的,是在我们聊天儿的同时,她们也许正一起喝茶或制作只属于她们的地图呢!"

"噢……"溜冰牛仔女孩说,"幻想朋友问题,最糟的那种问题。"

"是啊!"我把塑料吸管插进另一盒果汁的开孔内,"继续啊,嘲笑我的痛苦啊!"

"我不会的。"女孩说,"看到那边那个女生了吗?戴牛仔帽、坐旋转木马那个。"

我望过去,看到她说的女生了。旋转木马正在慢慢减速,停住,齿轮发出的叮叮咚咚声像是八音盒的声音。

"嗯,是这样的……如果你想知道真相的话,其实呢……"

接下来,她说出的话改变了所有的一切。那些话刺在我的心上,就像人们在树干上刻下的纹路。

"我是她的幻想朋友。"

14
狗叫,蟋蟀叫,小鸟叫

牛仔女孩那番话在我脑袋里乱跳,像是田野里的蟋蟀那样,一旦行人走近了就开始弹来弹去。

"你是她幻想出来的?"我问。

"是啊,彻头彻尾。"女孩答复道。

"胡说!"

"信不信随你,我无所谓。"女孩说。

我眯起眼。

"这样吧,"我说,"我暂且相信你。好,你是她幻想出来的溜冰牛仔女孩,但有个问题——为什么偏偏是我能看得到你?"

女孩在秋千下前前后后溜了一阵子,然后陷入沉思。树上的叶子将光影泼洒到我们身上。

"我该怎么说呢……"她说,"你之前听过狗叫对吧?也听过蟋蟀叫？鸟叫？"

"当然。"

"嗯，你和我都不知道蟋蟀或狗或小鸟在对彼此说什么，但是呢，两只小鸟却能对着彼此啾啾叫一整天，两只蟋蟀也能理解彼此的嘤嘤叫声。为什么？"

"因为它们是同一种生物。"我回答。

"同一种生物！没错！"

我盯着穿溜冰鞋的女孩，不解地摇摇头。

"唉，老弟。"她叹了一口气，"你真的、真的不知道，是吗？"

"知道什么？"我问，"知道你是个疯子？我知道啊。"

"我问你，"牛仔女孩说，"你在学校里是不是可以随便坐在任何空位上？是不是得随时留神要撞向你的汽车和自行车？除了你姐姐之外，有任何人跟你聊过天儿吗？你有时候会不会觉得……该怎么说呢，觉得自己是隐形的？"

"大家有时候都会那样想啊……"我说话的音量变小了，"对吧……"

话没说完，我便从秋千上起身，跑着离开了公园。

15
跳舞的灰尘

第二天,我从起床后就一直坐在我的上铺上发呆。太阳升起了,有光柱射进屋内,连接着两扇窗户和地面,光线中布满了跳舞的灰尘。说不上来为什么,我突然觉得真正撑起这幢房子的不是柱子或钉子,而是其他东西,是眼睛看不到、但存在于所有表象下的东西。

我一直待在上铺思考,直到入夜。我望向窗外深蓝色的天空和点点星光,望着望着,芙乐就进了房间,准备在下铺睡觉了。

"芙乐,你认为星星是什么做的?"

"不知道。"她已进入半梦半醒的状态。

也许我们跟星星的成分一样,星星的成分也跟我们一样,我们都是用迷失了方向的、不属于任何地方的东西做成的。

妈妈来帮我们盖被子了。她点亮夜灯,走向床铺。

"晚安。"她说,并且将芙乐脸上的头发拨向一旁,"宝宝好好睡,臭虫远远退。"

"你也要跟雅克说。"芙乐说。

"晚安,雅克,好好睡。"

"还有臭虫。"芙乐抗议。

"好。"妈妈微笑,"听好了,臭虫,不准咬雅克。"

接着,她把被子拉到芙乐下巴附近,掖好被角,又亲吻了芙乐的额头。

"我爱你,芙乐。"

芙乐闭上眼睛:"现在轮到雅克了。"

"我爱你,雅克。"她说完,起身走出房外,把门带上,在门板四周留下了细细的一圈光。

16
所有人(依然)都讨厌雅克·帕皮尔

我决定做个实验。

星期一,我在足球比赛踢到一半时站到球场中央,唱起了《字母歌》(我没开玩笑),唱了一百七十四遍。没人注意到我,连蚊子都没叮我。

星期二的地理课上,我站到老师的讲台上跳踢踏舞。但她只顾着讲她的雨林气候。雨林关我什么事啊!

星期三,我冲着自助餐厅的人潮打赌。"嘿!"我大喊,"我赌我可以吃完一整个托盘的焦糖布丁!"没人要跟我赌,我不战而胜。

星期四,我站在厨房外看着家人吃晚餐。爸爸突然端出一盘番茄鸡肉饭,说是特地给我准备的。他说(我认为是说给芙乐听):"好啦,雅克,吃吧,这是你的最爱。"

"雅克根本不在那里。"芙乐说。

"他当然在！"妈妈的语调听上去像母鸡叫似的，"他就跟平常一样坐在那里，不是吗？"

到了星期五，我已经患上了咽炎，因为唱《字母歌》唱太久了；胖了一些，因为吃焦糖布丁吃太多了。我的脑子里还储存了太多跟雨林相关的知识。我甚至开始怀疑：我真的喜欢番茄鸡肉饭吗？真的吗？

就在这一刻，我，平时总是冷静、沉稳、独立自主的雅克·帕皮尔，正式陷入恐慌了。

后记：因为剧情的发展，我决定暂时更改这一章的标题，以下为更正方式，感谢您的理解。

第十六章 所有人(依然)都讨厌雅克·帕皮尔

第十六章 也许没人讨厌雅克·帕皮尔（因为没人注意到他的存在）

17
大浪就要来了

"我就知道你会回来。"说话的是穿溜冰鞋的牛仔女孩,她再一次坐到我旁边的公园秋千上。

"我不想跟你说话!要不是遇到你,"我说道,"我就不会知道真相,可以继续过着幸福的日子。现在,我开始怀疑一切,分不清东南西北了!我的人生比腊肠狗还悲惨!"

我知道这么说有点儿夸张,但责怪别人能让我感觉稍微好过一些。

"你现在知道了?"牛仔女孩问,"知道自己是什么了?"

"但我有床!"我提出异议,"餐桌前有我的椅子,车上有我的座位!"

女孩只是点了点头,这使得我的回忆从脑海中不断涌出,就像冲出罐子的萤火虫,疯狂地发光。

"冰箱上贴着几张我画的画,不过芙乐每次都会出手帮我画……等等!对,每年我都有生日派对。当然了,我们是双胞胎,所以那等于也是芙乐的生日派对,我们每次都会用同一个蛋糕庆祝……"

我把头埋到双腿之间。"我快得心脏病了。"我气喘吁吁地喊道,"叫救护车!报警!给我心脏电击!"

"别乱了阵脚。"牛仔女孩揉揉我的背,试图安慰我,"好好呼吸就是了,事情并没有那么糟。"

"没有那么糟?"我抬起通红的脸,冲着她喊道,"昨天我还以为自己是个男孩,而现在我是……是什么?电磁波?数据体?隐形人?"

"事实上,"她回应道,"你感觉自己是什么,你就是什么,不管你到底是不是别人幻想出来的。"

"现在,"我小声说道,"我觉得自己像空气,像风……我觉得自己像海边的沙子,而大浪就要来了。"

18
雅克·帕皮尔在本章面临"存在"困境

我的情绪变得很低落。

好吧,那样说太委婉了。我其实忧郁到了极点,忧郁到整个人都笼罩在海军蓝、靛蓝和午夜深蓝①中。我低落成这样,体内肯定也已经变成了深度空间、烧完的营火,以及地牢火龙的鼻子的颜色。

我整天躺在床上,不动,不洗澡,甚至连吃喝都省了,晚上也不去参加全家的"折纸之夜"。去了又有什么意义?幻想朋友只能折出幻想的纸天鹅。

芙乐当然很担心我。"我不在乎其他人怎么想。"芙乐说,"你对我来说是真实的。"

---

① Blue 在英文中不光是"蓝色",还有"忧郁""低落"的含义。

"好,我接受。"我说,"可是芙乐,我到底是什么做的?我的成分摸不到,也看不到。"

"世界上有很多真实存在的东西是摸不到也看不到的。"芙乐回答,"有音乐、愿望、地心引力,有电,还有感情、沉默。"

"哇!"我说,"真是太棒了。今天真开心,所有的问题都解决了。嗯,当然了,你们跟花朵、月亮、恐龙的成分一样,而我跟地心引力一样?太完美了,太了不起了!我还有什么好担心的?"

芙乐盯着我,咬着下嘴唇。她受惊、困惑或即将哭泣时也会这么做。

"我应该要做些什么来逗你开心。"她轻声说,"你曾经列过'死前必做的事'清单,我们来做上面的事吧。"

她走向桌子,打开抽屉,取出我的清单。

"比方说这个,"她指着纸说道,"我们可以在弗朗

索瓦的饲料碗中放一只受过忍者训练的蝎子。"

我的回应是哀号一声,然后拿毯子盖住了头。

"或者,"她接着念下去,"我们可以趁弗朗索瓦睡着时把狗屋搬到树上,看它醒来时会有多傻眼。第三点似乎也很好玩,把弗朗索瓦打扮成婴儿的样子,然后放到孤儿院的台阶上。不过,我不确定找不找得到够长的婴儿服……"

"芙乐!"我大喊,"别管那些了,好吗?做什么都不会有帮助的。如果可以,我真想说我心碎了,碎到拼不回去,但我不能!"

"为什么不能?"芙乐问。

"因为,"我说,"我不确定幻想朋友有没有心。"

19
锅子，铲子，
以及我们愚蠢人生的每一刻

我试着想象：如果我真的有一颗幻想心脏，它碎掉时的画面是怎样的？会像雪景球里的"雪"那样缓缓散开，还是像气球那样突然爆开？会像跑步比赛的终点线那样被撞落，还是像坏了的时钟上的指针一样一动不动？会像断了的斑鸠琴弦，还是开锁时折在锁孔中的钥匙？

为了摆脱这些想法，我开始偷偷观察厨房里的芙乐和爸妈。芙乐似乎也遇上了难过的事情，她的声音听起来怪怪的。她像是用鼻子顶着字句、保持平衡的特技演员，担心它们随时会掉到地上摔破。

"假如雅克是幻想出来的，"芙乐说，"他原本一直不知道这件事，但后来知道了，那我说不定也是别人幻想出来的，只不过我现在不知道而已。还有你啊，妈妈，还有爸爸,还有我们所有人,还有锅子、铲子、天花板、天空、天气、草地,以及我们愚蠢人生的每一刻都可能是幻想出来的!"

芙乐指着腊肠狗弗朗索瓦。

"那只狗是幻想出来的吗?"

她四肢着地,让自己的鼻子和弗朗索瓦的碰到一起。

"你真的存在吗?"芙乐对着弗朗索瓦大叫,"喂,你是被幻想出来的吗?回答我!"

芙乐似乎快失去理智了,她的问题太可笑了。我的意思是,哪个正常人会幻想出腊肠狗这种令人讨厌的生物?

那天晚上,爸妈带我们去看音乐剧,好笑的那种,以为这样可以让我们开心起来。结果呢,当音乐剧演到动物们跳舞的场景时,芙乐离开座位,沿着过道向前走,再爬上舞台。

"那是我们的女儿吗?"妈妈倒抽一口凉气,"她到底在做什么?"

"我怎么会知道?"爸爸悄声说道。

芙乐站在舞台中央,双脚张开,双手盘在胸前,一动也不动。幸好扮演河马、猴子、鳄鱼的演员非常专业,知道戏必须得演下去。于是他们无视芙乐,继续在她身边跳来跳去。

"看吧,"回家的路上,芙乐在车子里说,"我就是别人幻想出来的。我直接走到舞台上,却没人注意到我。"

妈妈吞了两颗药丸舒缓头痛。"别再做这种事了,芙乐。"她坚决地说。

芙乐答应了。但到了第二天,爸爸不得不抛下手头的工作去接警察打来的电话。就在我欣赏变色龙在爬虫动物箱中换上保护色的同时,芙乐爬进了动物园另一头儿的猩猩笼中。

"她有没有受伤?"爸妈抵达动物园办公室后慌张地问。但他们发现芙乐安全地坐在办公室内,身上裹着毯子,正在啜饮热可可。

"受伤?"芙乐大喊,"猩猩根本没注意到我,因为我显然是隐形的!"她用力跺着脚离开办公室,朝爸爸的车子走去。

"那孩子真幸运。"动物园管理员摇着头,拿文件给爸妈签,"她刚好爬进又聋又瞎的潘尼洛普的笼子里。"

20
美人鱼与马

"这些玩偶为什么在家里？"芙乐问，"不是应该摆在店里吗？"

"这个嘛，"爸爸怀中抱着一大堆人偶和丝线说道，"《父母指导手册》上说，玩具有助于我们沟通。"

"沟通什么？"芙乐问。

"任何事情啊。"爸爸回答，"学校、爱好、偏执又不理性的恐惧，比如担心自己和所爱的人都是幻想出来的，等等。"

妈妈翻了个白眼。显然，这是爸爸一个人的主意。我们看着他拿出一个马玩偶套在手上，然后给芙乐一个打扮得像美人鱼的玩偶。

"你好。"爸爸挤出他自以为最像马的嗓音，

"你好吗?今天感觉如何?"

芙乐不情不愿地戴上美人鱼手套。

"感觉不赖。今天我游进沉船里,还在茶壶里认识了一条鱼。我对着海星许愿,然后用乌贼的墨汁写了信。"

"哦,不。"爸爸用他原本的声音说,"你不用假装自己是美人鱼,你就是你,芙乐。玩偶只是……呃……稍等。"

爸爸摘下马玩偶,开始翻他的《父母指导手册》。他口中念念有词,不停地翻看着折起的书页。

"哦,天哪!"妈妈终于受不了了。

她蹲下来,让自己和芙乐的视线水平相接:"亲爱的,我们帮你向精神科医生挂号了,去那里不用做身体检查或打针,只要跟医生聊一聊就好。我们也会在旁边陪着你。"

芙乐沉思片刻。

"雅克可以跟来吗?"

妈妈咬牙切齿地说:"当然了,我敢说医生一定很想见他。"

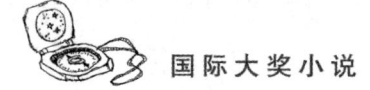

"他可以带他的幻想朋友去吗?"芙乐说,"大龙鲱鱼。"

妈妈闭上了眼睛:"当然了,没问题,随便他。我觉得我得躺下来平静一下。"

"很好。"芙乐说,"不过我还是要声明,这一切都只是在浪费时间,因为我就是别人幻想出来的,我们都看到有说服力的证据了。嗯,我敢打赌——"

芙乐用她戴着美人鱼手套的手拿起平底锅。

"我打赌,这美人鱼要是拿平底锅打我的头,"她接着说,"我一定不会有感觉的。准备好了吗?"

爸爸专心看着他的《父母指导手册》,而妈妈的眼睛一直闭着。

"一……"芙乐开始数数,"二……三……"

21
可怜先生

后来,那天晚上以我们去了急诊室而告终。第二天,我们全家人(包括我)又一起去了精神科医生的办公室。

史蒂芬医生专攻儿童精神病学,而且似乎十分擅长应对有幻想朋友的儿童。我提醒自己一会儿一定要请他出示证件。不过我没机会那么做,因为轮到芙乐应诊时,他竟然叫我留在外面的等待室里。

他们离开后,一个戴着眼镜、手臂是意大利面做的超级英雄望向我。

"第一次来?"他问我。他坐在一个看上去很紧张的小男孩旁边,而小男孩双手紧紧地揪着他的披风,像抓着安全毛毯似的。

"我是可怜先生,二流的、没有超级到可以当超级英雄的英雄。我是阿诺的幻想朋友,我们是搭档。"

可怜先生指着身旁的男孩介绍,而男孩口齿不清地说了一些让人听不懂的话。

"阿诺想知道,"可怜先生说,"跟你同行的那个小女孩为什么会来这里?"

"其实呢,"我回答,"她是我姐姐。我们会来这里是因为,她认为自己也是别人幻想出来的。"我停顿了一秒,接着马上补充:"还有,她最近去看音乐剧时突然跑上舞台,还跳进猩猩笼子里,还拿平底锅打自己的头。"

"我明白了。"可怜先生一副洞悉内情的样子,"阿诺认为自己不够勇敢,所以试图跟我一起从车库屋顶起飞。那次之后,我们就开始来看医生了。优秀的史蒂芬医生说,有时候,幻想出来的难题比真实的难题还要令人难以承受。"

我左顾右盼,观察着等待室里的其他幻想朋友。认识溜冰牛仔女孩后,我没有再见过其他幻想朋友,这是我第二次接触同类。有个大大的、圆圆的毛球状生物在陪一个小女孩读杂志,有个忍者站在角落里

陪一个小男孩练功夫。还有一个幻想朋友长得像一只红色袜子（真的像，我敢拍胸脯这么说），它跟其他人保持了一段距离，旁边坐着一个脏兮兮的男孩，和一对非常整洁、但看起来很紧张的父母。

"喂。"我靠近那只袜子，感觉它闻起来像老猫和食人魔的腿，也像鼻涕虫黏液和鲤鱼的口气。

"你……是幻想出来的袜子吗？"

"才不是呢，孩子。"袜子翻了个白眼，回答道，"我是肉丸子三明治。"

"你为什么来这里？"我问。

这只臭袜子看上去似乎大吃一惊："你真的想听我的故事吗？"

"是啊。"我说，"当然想。"

于是，在那气味刺鼻的座位上，臭袜子开始诉说它那短而难闻的故事。

22
臭袜子那短而难闻的故事

袜子骄傲地说:"我,是世界上最脏的小男孩的幻想朋友。但不幸的是,他,生在世界上最爱干净的家庭里。

"你绝对没见过那样的场面!对那些掉落在地上的毛发和尘土,他妈妈根本不是在清理,而是在猎捕它们、追杀它们。而他爸爸呢?他爸爸只肯吃跟当天的穿衣造型搭得起来的食物,礼拜一吃绿色食物,礼拜三吃红色食物,最不受欢迎的是星期天吃的——金属棕色的餐点。家里唯一能唱的歌是进行曲,不可以随着怪旋律乱吼,也不能传出乱七八糟的爵士鼓独奏的声音。那个男孩,也就是我朋友,一天到晚地制造混乱,所以一天到晚地挨骂。唉,有时候我会想,这就是我们相处得很好的原因吧。

"我们认识彼此后,事情就一发不可收拾了。我们会一起制造恶心、发臭、垃圾满天飞的脏乱。你绝对没见过那种餐桌下的脏乱,埋在刚洗好的干净衣物里的脏乱,甚至还有他妈妈皮包底部的恶心画面。'那是什么味道?'他爸妈一直在大吼,'闻起来像是鲸鱼打的嗝儿、胡须毛屑、发霉的牛奶炖,闻起来……像是脏袜子!'男孩和我听了会笑个没完没了。别人的眼睛虽然看不到我,但他们的鼻子一定会注意到我们同心协力制造出来的脏乱。

"可是,到最后,这些臭臭的把戏却让我和男孩分离了。像他爸妈那么爱干净的人,根本不愿意住在有臭味残留的家中,他们无法忍受!于是,他们很快就打包好行李,带着他们的孩子开车离去,把我独自丢在原地。我站在臭味弥漫的家中,门上挂着一块'待售'的铁牌。而那个男孩呢?他坐在那辆全世界打蜡打得最完美的亮晶晶的汽车上,从后车窗里悲伤地向我挥手。

"那对家长以为我不在了,欣喜若狂。你就算在他们的新家里捡起掉到地上的面包来吃,也不会在上头发现一丁点儿脏东西。但后来的某一天,我来到了新家,我成

功了。这花了我几个月的时间,但我终于找到了,而且在途中变得奇臭无比,前所未有地臭。所以,我们——小男孩和他幻想出来的我,以及走投无路的洁癖偏执狂爸妈,最后才会跑到医生这儿来。"

23
邀　请

我走向书架拿杂志，发现自己听得到门另一头儿的芙乐在接受问诊。我偷听这个有什么不对？就是不对。这既不道德又侵犯隐私，像是读别人的日记，或翻别人待洗的衣物，或吃他们的垃圾（弗朗索瓦经常不守这条规矩）。你猜最终我有没有把耳朵贴到门上听呢？

当然有了！

"芙乐，谈谈雅克好不好？"是那个（靠不住的）医学专家史蒂芬在说话。

"该从哪儿谈起？"芙乐说，"他会画各种龙，一分钟几乎可以打十二个字。他知道每一任总统养的宠物的名字。他从来不打嗝儿。他教我趴到草地上，把鼻子压在草跟草之间，然后看四周，这样感觉就像在观察另外一个星球，上头有各种外星虫子，还有奇怪的味道。"芙乐停顿了一

下,然后说:"还有,他除了我之外真的没有其他朋友。我猜他一定很难受。"

"所以你才想跟他一样,变成幻想朋友吗?"史蒂芬医生问,"你变成幻想朋友,他就不会孤单了?"

我把贴在门上的耳朵挪开了。我很确定她会怎么回答。

"嘿,新来的,"可怜先生说,"你应该加入我们的团体。"

"什么团体?"我问。

"幻想朋友匿名会。"可怜先生回答。

"幻想朋友匿名会。"我重念了一次,"这名字不会太啰唆吗?"

"这是一个互助团体。"臭袜子解释道,"遇到困难的幻想朋友都可以来寻求帮助。跟一群同类待在一起的感觉有时还不错。"

我从来没跟一群同类待在一起过,这里的同类指的是无法用传统方式看见或听见的人(或东西)。也许他们会懂我。嘿,就连枯叶都会一起蜷缩在冬天的大片积雪下嘛。天亮时,黑暗也会一同聚集在抽屉的角落深处。

"我加入。"我说,"我们要在哪里碰头?"

24
幻想朋友匿名会

"我的感觉决定我的隐形程度,幻想与否并不重要。"

我坐在某后院的粉红色游戏屋内,跟一群匿名会会员手牵着手,按照指示念出幻想朋友匿名会箴言。

"谁要先开始分享?"臭袜子问。

一个高大的幻想朋友胆小地举起手。

"你们好,我的名字是'所有东西',是两年前被幻想出来的。"

所有东西的身体是由扣子、旧鞋子、风筝、香蕉皮和其他各种玩意儿构成的,"人"如其名。

"我是去年发现自己是幻想朋友的。"所有东西接着说,"家里的猫被剃光了毛,我的好朋友把责任推到我头上。这倒是无所谓,反正我又不像他那样经常被禁足。但他爸妈那次真的被气坏了,他们说痒痒先生变成裸体不是我的错,因为我是幻想出来的,幻想朋友没办法帮猫剃毛。"

"你听了感觉如何?"臭袜子问。

"很糟。"所有东西说,"很难过,感觉我再也不是自己命运的主宰了。虽然我并不想帮猫剃毛,但我应该要有那种能耐不是吗?懂我意思吗?"

所有人都心有同感地点点头。现场还有其他幻想朋友在:长着河马头的胖橘鸟、背上长着超小翅膀的紫色毛绒怪兽、角落里躲着的一道人影,外加可怜先生和溜冰牛仔女孩。

"我们又见面了,朋友。"牛仔女孩微笑着说,"看来你总算接受现实了,不需要心脏电击了。"

牛仔女孩转头面对其他人:"我叫溜冰牛仔女孩,打从有记忆以来就是个幻想朋友了。我最近思考了很多……嗯……关于终点的事。"

人群中传来窃窃私语。

"她长大了。"牛仔女孩接着说,"我是说,跟我一起生活的女孩长大了。以前我们会一起想象自己在世界各地溜冰,而且我们很厉害,可以在花田中来去自由,采好几束花,都不用停下来。我们会溜上火山,溜到海底,在那里穿过好几公里长的峡谷和海草森林,再溜上鲸鱼的背,浮出海面。后来,状况有了改变。我们不再一天到晚溜冰,到最近已经完全不一起溜冰了。昨天她妈妈捐了一大堆旧玩具出去,然后说'亲爱的,你还要这双溜冰鞋吗?生锈挺严重的'。而我亲爱的牛仔伙伴说'不要了。我长大了,溜冰太幼稚了'。然后,她就把溜冰鞋丢掉了。轰!就这样,我们的环游世界之旅结束了。"

25
月 光

"有些人可能已经注意到了。"臭袜子说,"我们这周有新成员加入,他的名字是雅克·帕皮尔。雅克,你可以谈谈自己来这里的原因吗?"

"呃,"我说,"我实际上并不存在于这里,那就是我……在这里的原因。"

"哇!"所有东西说,"真有深度。"

"我猜是这样的,"我开始侃侃而谈,"我有些搞不明白,我活在世上的目的到底是什么。过去整整八年,我都认为自己是一个活生生的人,直到有一天我得知了真相。经过一番思考后,我发现自己并不想当某个人幻想出来的弟弟。我想当活生生的人。"

所有东西伸手过来拍拍我的手。

"不是'真正'的人,不代表你就不'真实'。"所有东西

指了指了自己的胸口。如果他有心脏，那么心脏就会在他指的位置，但他实际上指的是一个旧旧的牛奶盒。

"我想这就像太阳和月亮。"我解释道，"月光是一种幻觉，它只是阳光的反光。月亮像镜子一样，把太阳射向它的光反射回去。所以，我们就像月亮，如果想象我们的人不存在了，我们就会变成一片黑暗。这是你们想要的结果吗？反正我不想要。我想要的比那更多，我要自由。"

26
吓人鬼

聚会结束后,我一个人站在角落里吃发了霉的饼干,喝葡萄汁,试着消化我刚刚听到的事情,甚至连刚刚我自己说的话,都需要消化。我想事情想出了神,没注意到一朵黑色雨云飘了过来,将我笼罩在一片阴影中。

"你好。"那声音听起来像生锈的脚踏车。

我抬起头,试图先把嘴里的饼干吞下去,但我的喉咙变得好干好干,干得可怕。我开始咳嗽,饼干屑向我面前的黑影飞去。他拍掉碎屑,表现出一副轻蔑的样子。

"我是吓人鬼。"他说。我发现那生锈脚踏车似的声音带有英伦腔。

吓人鬼的外形很难形容,不是因为我的词汇量太少,而是因为他什么都不是。他的身体不断模糊又聚焦,简直像是烟做的。上一分钟他还长着烂掉的酸苹果似的瘊子,

之后就变了,蜘蛛爬行在他耳朵上,他的鼻孔简直像是鼻涕虫、黏液和蜗牛的家。然后下一刻,他又变了个样子,号叫野兽般的眼睛,乌鸦喙似的牙齿,还有一把雷雨云似的胡子垂在胸前。

"你是什么东西?"我问,"你真的是某个人的幻想朋友吗?"我很难相信有谁会刻意想象出这样的朋友。跟他相比,邪恶的腊肠狗弗朗索瓦简直就跟一碗玉米浓汤一样亲切。

"哦,你知道我是什么。"吓人鬼一边说一边把脸凑向我,位置近到我有些不自在,"我是衣柜里的怪物,有人也称我是床底下的生物。某些时候,我还会变成夜里砰砰作响的东西。老实说,我不是个无赖,我只是被想象成那样。"

"你刚刚说……无赖?"我问。

"怎么?"他有点儿紧张地说,"那个词用得不对吗?"他的口音突然变了。

"你的英伦腔是装出来的吗?"我问。

"也许吧……"吓人鬼回答,"我觉得那样讲话会比较可怕。"

"是挺可怕的……"我说,"烂得可怕。"

吓人鬼和我不发一语地站在原地,盯着彼此看了一会儿。

"哇,时间不早了!"我说,"嗯,很高兴能跟你聊天儿。我该走了,我家的烤箱里正在烤一个邦特蛋糕……"

吓人鬼伸出一条黑黑的腿挡住了我的去路。

"听了你在聚会上的发言,我觉得你似乎在追寻某样东西。"他说,"可爱、天真的匿名会成员无法提供给你的东西。"

"难道你就能提供给我?"我问。

"我可以。"他轻拍我的鼻子,害得我打了一个冷战,"我知道如何才能获得自由,也知道如何才能变成真实的存在。我可以告诉你,但你必须付出代价。"

"我没有钱,"我说道,"也没有能换钱的东西,更没有工作……"

"那个呢?"他指着我的口袋说。

我把手伸进口袋,掏出莫里斯大爷给芙乐的那个指南针。

反正已经坏了,没用了,我便把它交给了吓人鬼。

　　我心想:好,不管怎样,你这怪胎,快告诉我变成真实存在的方法,不然我就要死于鸡皮疙瘩了!

　　然后,吓人鬼凑向我,轻声细语地把蒙着蜘蛛网的秘密送进了我的耳中。

27
我的地图

当天晚上,芙乐发现我的时候,我正趴在地上,大腿上堆满蜡笔。它们像是尺寸过大的彩色巧克力屑,撒在雅克·帕皮尔奶油冰激凌上。

"你在画什么?"她问。

此时摊在地上的,是我们之前一起画的"我们的地图",不过我在外海加了一座岛,不大也不小,看上去相当棒。

"我认为,"我说,"我需要自己的岛,如果你不介意的话,我需要一座只属于我的岛。"

"可是上面什么也没有。"芙乐说。

这一点,她说对了。

"嗯,我还没想好那里应该有什么。"我解释道,"我能编出一些模糊的东西,但具体的东西就没办法了。不过,

这也是我的岛最棒的地方,它有着无数种可能性。哎呀,那里说不定有龙鲱鱼,还有星尘、漂浮着云朵的奶昔和肉卷可以吃。"

"你要怎么去那里?"芙乐问,"前往一座岛是很困难的,你得需要船,飞机或潜水艇。"

"我当然有方法。"我说,"吓人鬼教我获得自由的方法了。"

芙乐嘟起嘴巴。"我不知道他是谁。"她说,"你现在难道不自由吗?"

我知道这是个哲学性很强的问题,我也曾经绞尽脑汁思考了很久。

"这样想吧,"我说,"假如我是精灵,你就是神灯。我是你那只鲸鱼身上的藤壶,是你小说里的角色,是你的月亮引起的潮汐。我是你的玩偶,是芙乐幻想博物馆中的一枚标本。"

"可是,我不是那样想的啊。"芙乐说。

"我知道,"我说,"因为你是史上最棒的姐姐。但我不是最棒的弟弟,我不过是你的一部分。还有,有件事一直困扰着我。我看到电影里的人或杂货店里的人,就会想到他们身边都环绕着自己的长篇故事,故事当中充满他们

自己的梦想、希望、恐惧、过敏对象,甚至古怪的恐惧症。而我,什么都没有。"

"那么,"芙乐说,"你希望我把你想象成别的模样吗?"

"事实上,"我轻轻地说,"吓人鬼给了我一把剪刀,而我希望你能剪掉我身上的线,放我自由。"

"可是要怎么做呢?"芙乐问。

这时,我便把吓人鬼告诉我的秘密分享给了芙乐。

28
我，雅克·帕皮尔获得自由后的待办事项列表

我很快就会像海盗那样航行于大海上，我的船是有帆的乌龟，船员是剑鱼和枪鱼；

我会加入马戏团，每餐都吃棉花糖，我会教狮子跳火圈，然后自己也跳过去，把雀斑烤成深深的橘红色；

我会学希腊文、拉丁文，然后至少自己发明三种语言；

我会飞到世界各地盖出雪堡，堡内的探照灯会在夜里亮起，指引所有人回家；

我会变成一个知名的糕点师傅，擅长做软泥派、蒲公英甜甜圈和苔藓装点的蛋糕；

我会看见那些别人看不见的人；

我会走路环游世界；

我的毛发会变长，
小鸟会在我的胡子里筑巢；
我身上会有疤，
微笑时，眼角会有皱纹；
我会有生日可以过，
而且会变老，
会庆祝季节的更替；
我会最终成为一个活生生的人。

29
飙靴子的牛仔

当我找到牛仔女孩时,她正在公园附近,穿着袜子但没穿鞋。她蹲在地上,一只手拿一只溜冰鞋,把它们当玩具车似的推动,加速,再松手,它们就会进行哀伤又歪斜的赛跑。

"咻……"她发出这声音时一点儿也不激动,"冲啊。"

"嘿,你的朋友呢?"我问。

牛仔女孩的脸红了,然后她耸了耸肩,说:"她去参加派对,然后在好朋友家过夜,玩'真心话大冒险',而我留在这里。没什么大不了的。"

"这样吧,"我回应道,"听听我最近的状况吧。我为灵魂探索花了很多工夫,我一直在想'雅克·帕皮尔是谁?雅克·帕皮尔是什么?雅克·帕皮尔想要什么?雅克·帕皮尔需要什么?雅克·帕皮尔要如何获得快乐?'之类的问题。"

"哇。"牛仔女孩说。

"我知道,"我说道,"很有深度对吧?"

"我的意思是,你的问题当中真的出现了好多雅克·帕皮尔啊。"她回答。

"对,"我说,"我做了一个决定。我要离开这里,去找那些问题的答案。"

"等等,"牛仔女孩说,"伙计,在你飙靴子上路前,我有件重要的事得让你知道。"

"安静!"我强势地说,朝她举起一只手,"你别说我为什么该留下来,我不要听那些理由,我只是来向你说再见的。还有,谢谢你,你在没人告诉我真相时说出了真相。"

"等等……等一下……"牛仔女孩说。

但她的话并没有传到我耳中。我已经离开她身旁,风滚草似的向前进了。

30
帮一个小忙

芙乐听完吓人鬼的秘密,深思了一阵子后跑来找我。我正在门廊灯下读书。我看到她的表情就知道,她差不多下定决心了。

"如果我那样做,"她问,"会发生什么事?你会消失,还是会变成另外一个样子,还是会有更糟的后果?"

"我不确定。"我说的是实话。我喜欢自由和真实这两个词,不过得到它们之后会发生什么事?那两个词并没有把这部分交代清楚。

"也许,"我说,"到时候我想做什么事就能做什么事,就跟你一样。"

"我并没有想做什么事都能做什么。"芙乐说,"比方说,现在我希望一切都不要改变,但它们已经改变了,接下来也还会再改变。如果你忘了我怎么办?如果你永远都

不再回来怎么办？"

"不会的。"我说，"我永远不会忘记你。我会回来。"

我指着她的胸口："你知道这里头有什么吗？有一棵跟树枝一样大的树，上头刻着 J 和 F 两个字母。"

"什么意思？"芙乐说，"我身体里为什么会有棵树？"

我笑了："我只是在打比方。那里面还有一张用火柴棒和麻线做的上下铺，有跳蚤大小的弗朗索瓦，所有的布偶，早餐松饼，还有我们的藏身处，秘密，以及鼾声。"

"我不会打呼噜。"芙乐说，但她还是笑了。她一直都很喜欢小小的、美丽的事物，比如洋娃娃屋的家具、玻璃珠，或者，在别人期盼时帮一个小忙。我现在就期盼着她能帮个小忙。它会造成什么不好的后果吗？我不怎么确定。吓人鬼没告诉我接下来会发生什么事，只教了我获得自由的方法。自由后的生活就像是推开一道上锁的门，通往地图上我不曾探索过的角落。

"我准备好了。"我捏捏芙乐的手，然后闭上了眼睛。

她露出悲伤的微笑。

然后，也闭上了眼睛。

接着，芙乐帮了我一个小忙，做了很棒的一件小事：她使出浑身解数，想象我获得了自由。

31
起 航

很久很久以前,有一个其实并不存在的男孩,在他住的地方,什么事情都有可能发生,每个角落都等着他去探索:灌木丛是城堡,木棍是宝剑,蒲公英种子是魔法粉末。

这个小男孩有个姐姐,他们是很好的朋友,一起制作了无数张地图。他将来要当勘探队长,而她要当航海家。他们一起编了许多歌,有倒着飞的鸟之歌,消失在瓶中的信之歌,想变成蝴蝶的毛毛虫之歌。在仲夏的耀眼阳光下,他们在一棵树的侧面刻下 J 和 F 两个字母。他们用小手收集魔法,每天晚上都匆匆忙忙地赶回家,睡着时,头发上还有草叶呢。

男孩希望当另一种人,但他并不知道自己想当什么,也许当个海盗、小丑,或者魔术师。他希望获得自由,然后才能把自己塑造成自己想要的模样。

很久很久以前,有一个其实并不存在的男孩。不过对某人来说,他存在。这某人指的是那个小女孩。他之所以能踏上自由之路,是因为小女孩允许他那么做。小男孩保证永远不会忘记她,但这不是因为他特别固执或容易良心不安,他只是知道,那根本就是不可能发生的状况。就算冬日来临,阳光钝重到足以抹去一切,他也还是会记得她;当埋在雪下的叶子变黑,树干上刻的字母随着岁月淡去,就算它们淡到几乎看不见,就算那棵树被砍倒做成船,他也还是会记得她。

很久很久以前,有个小男孩起航了。他不确定那黑暗、未知的水域前方有什么样的未来在等待着他。

32
黑　暗

我睁开眼睛时,四周一片黑暗。

幻想朋友会死吗？我纳闷儿。

我现在是陷入昏迷了吗？

还是说,化为真实存在后就会有这样的感觉？

黑暗中,我原以为自己听到了芙乐的呼唤声,但那声音非常、非常遥远,像是回声,而且渐渐变弱,到最后什么也听不到了。我闭上眼睛,再睁开,四周还是一样暗。几个小时过去了——我感觉是几个小时,但我实际上无法得知到底过了多久,也可能是几天,几个星期,或几个月。我只知道,自己像是在黑暗中过了一辈子。

最糟的是,我在这里无事可做,只能思考,以及回忆。

我想起我们的家。这件事很有趣,人会记住家中每一块嘎吱作响的地板,每一条画在墙上、测量身高用的铅笔

线条,而那些记忆会在不知不觉中成为那人的一部分。如果我在家中,就算室内漆黑无比,我依然能找到墙上的电灯开关,让光明重现。这点我有把握。

我想起弗朗索瓦,想起它的吠叫、啃咬,想起它打鼾时,松垮的耳朵柔软极了,我总会去偷偷摸一下。宠物的奇妙之处是什么?就是连最讨人厌的宠物都会钻进你的心窝,缩在枕头上,沐浴在斜射的阳光下,从此不再离开。

我想起远方那些曾传入我耳中的声响:爸爸的割草机在夏天的草坪上嗡嗡地工作,时钟滴答滴答,厨房内的锅子咕嘟作响,汤匙叮叮咚咚。我想起门廊外爸妈的说话声,只听声调,我就知道他们此刻是忧心还是开心。我想,这些声音在我们家四周形成了一个防护罩,待在里头总是让我安心。

最重要的是,我记得光。我见过透进房间内的月光,勾勒着沉睡家具的形状,以及我们投到墙壁上的各种手影。我见过秋日午后的橘黄色阳光,洒在妈妈的窗帘上,投射出的影子就像是一个迷宫或者一幅没有拼完的拼图。我见过芙乐眼中的光芒,她的眼睛像是池塘的颜色,上面还有蓝色、绿色的辐射状条纹,你看着看着就会觉得,随时会有鱼弹出那片池塘的水面。你有没有发现,当一个人谈论他喜欢的东西时,眼神会变得很明亮?芙乐向别人谈起我时,她的眼睛就会变得炯炯有神。

我想到光。

很想念它。

很希望碰触到它。

后来有一天,我总算重见光明了。

33
自　由

　　我心想,这就是自由的感觉啊!阳光照在我的脸上,风吹拂着我的头发。(不过感觉起来也没那么自由,因为严格说来,我正被粗绳子绑在一棵大树上。)

　　"呃,你好?"我说。

　　"我有说你可以讲话吗?"一个愤怒的声音说。

　　我痴心妄想地告诉自己,这是个好兆头,因为有人听得到我说话。先前唯一听得到我说话的真人是芙乐,因此我合理推测,现在我在每个人眼中都是活生生的了。

　　一个男孩从树后方走了出来,以握剑的方式拿着一根木棍,看起来年纪不比我大。

　　"我是英雄。"他说,"你是我的囚犯。"

　　"呃,很高兴认识你。"我说,"请问我是怎么来到这里的?"

"八成是偷了宝藏后搭船偷渡过来的。"

"不,"我说,"我不是问我在你的幻想游戏里扮演的角色是怎么来的。我只想知道,我,雅克·帕皮尔,在现实生活中是怎么移动到这里的?"

"嘿,"现在男孩开始用普通八岁小孩儿的声音讲话了,语气有些不耐烦,"我让你讲话时你才能讲话,你是我幻想出来的。"

接着,他给了我一记重击,那比任何木剑所能造成的疼痛都还要疼。

"你,"他说,"是我的新幻想朋友。"

34
笨贼二人组

看来,事情出了严重的差错。芙乐还我自由,结果我的下场不过是被另一个人幻想出来。这里说的"另一个人"叫皮埃尔,事实证明,他疯狂极了。

星期一,皮埃尔决定我们要当银行抢匪。他原本把我幻想成马,但我变成马后强烈抗议,他才妥协了,让我跟他一样,当个穿着蛇皮靴、戴着蒙面方巾的强盗。可问题是,当我们去抢银行时,女柜员认为皮埃尔就是"这里最贵重的东西"(她说的,不是我),然后便给了他一支棒棒糖。皮埃尔马上决定把整罐棒棒糖都抢走。他冲出银行,振臂高呼,手指比出的枪在空中来回晃动。

我们虽然干了一个"大案子",但我

强烈怀疑晚间新闻会报道"笨贼二人组"的事迹。

星期二,皮埃尔说我们是驾驶员,想象我们穿戴着同一套品味很差的飞行服和头盔。接着,他决定我们的飞机正在高速下坠,我们必须跳机逃生。可问题是,我们的飞机其实是棵树,而天才皮埃尔忘了想象我们有降落伞。如今,我们头上的相同位置都包着厚厚的绷带。

星期三,皮埃尔认为我们是动物园的管理员。我们花了半天的时间追踪一头逃出笼去的老虎,后来发现它只不过是附近的一只胆小的流浪猫。可是,皮埃尔的水枪对那只野兽发挥了反作用。皮埃尔自己当然躲过了猫科动物的反扑,但这老兄想象我并没那么幸运。所以,除了原本就包着绷带的地方,我现在全身上下都布满了抓痕。

也许转天我会在皮埃尔的想象中死于狂犬病。

星期四,我们一起读故事书,并扮演里面的角色,皮埃尔(除了他还能有谁)是英勇的王子。你问我我扮什么?龙?骑士?溜须拍马的大臣,没有残废或受伤的机会?错,皮埃尔想象我是等待拯救的少女。我!少女!而且他无法把我想象成既懂武术又英勇善战的公主,反而还用各种方法蔑视我的柔弱。嗯,我的裙子或许有镶满心形宝石的褶边,头发或许长得过了头,但我并不是等待拯救的少女,我正在拟订自己的作战计划。幸运的是,我们还来不及演到真爱王子用臭吻唤醒公主的桥段,皮埃尔的妈妈就叫他去吃晚餐了。这么说吧,"皮埃尔王子"真的需要上一堂皇家卫生课!

　　不难想象,我待到星期五就受够了。我趁皮埃尔还在睡觉时收拾好王冠和蕾丝衬裙,走进了茫茫的夜色中。

35
我不干了！

"哇哇哇！"当我走进幻想朋友匿名会时，臭袜子对我频抛媚眼。

"公主，我旁边有个空位。"可怜先生说道。

"我不是公主！"我大吼，然后一屁股坐下，捋好裙摆，"我是等待拯救的少女。"

"雅克？"臭袜子的羊毛嘴大开，"是你吗？"

"是，当然是我。"我双手掩面，"而且我不干了！可以吗？"我抬头问大家："可以不当别人的幻想朋友吗？"

"这个，"可怜先生说，"如果获得同意，大概就可以，不过有很多文件要填。"

"我是认真的，"我接着说，"我没在开玩笑。你们得帮帮我！没人告诉我获得自由后只会被新的小朋友幻想出来。更糟的是，这个叫皮埃尔的小孩儿百分之九十九是美国通缉要犯当中的头号通缉犯。"

"呃,你在表格上填了什么?"可怜先生问,"你一定写了一些怪东西才被换到那种怪胎身边。"

"表格?"我问,"什么表格?"

"调动表。"他说,"在重新派遣办公室填的调动表。"

"什么重新派遣办公室?"我大喊道。

所有东西扫视了一下其他幻想朋友,然后指着我,露出西洋棋和汽水罐拼出的微笑。

"这小子好像是其他星球来的。"他打趣地说,然后又补上一句,"哦,抱歉,我是指这个少女。"

"每个幻想朋友都知道,获得自由后就要接受重新派遣。"臭袜子解释道,"不然你就会被困在黑暗的幻想空间,等着谁一时兴起就把你幻想成任何东西,像捏傻瓜黏土,又像剪成任何形状的纸娃娃,也像……"

"好了,好了,"我说,"你自己另外找时间写你的比喻诗。还有,希望大家明白一件事,你们如果在我说服芙乐还我自由之前告诉我这些,对我会有很大的帮助!"

我站起身,调整了一下衬裙。

"好啦,快告诉我那个办公室在哪里?"我甩动着金色鬈发,大喊道,"我只想赶紧脱掉这双高跟鞋,脚快痛死了!"

36
重新派遣表

个人资料

姓：<u>帕皮尔</u>　名：<u>雅克</u>

地址(上一个)：<u>上下铺的上铺</u>

家族成员(上一个)：<u>妈，爸，芙乐，还有(咦!)邪恶的腊</u>
<u>肠狗弗朗索瓦</u>

您过去是否接受过派遣办公室的派遣(是/否)：<u>没</u>

您是否具备幻想派遣的合法资格？
<u>~~大概吧？一点点？~~ 是</u>

参考数据

可上班日：

☐ 星期一　　☐ 星期二　　☐ 星期三

☐星期四　　☐星期五　　☐星期六
☐星期日　　☐高兴的日子

工作类型：
☐全职幻想朋友　　☐全职幻想克星

特殊技能（可多选）
☐战斗　　　　　☐踢踏舞
☐做点心　　　　☐读心术
☐爬树　　　　　☐从架子高处取物
☐云朵塑形　　　☐猜包起来的礼物是什么
☐吃点心　　　　☐无懈可击的礼貌
☐当海盗　　　　☐骑独轮车
☐蒸发　　　　　☐制造回声
☐黑暗中发光　　☐长出更多手
☐溜冰　　　　　☐听贝壳的声音
☐液化　　　　　☐喷火
☐超能力　　　　☐数学作业
☐卡拉OK　　　 ☐操作办公软件

最后一个问题

还有没有其他信息供我们参考?

_____

_____

_____

_____

37
重新派遣办公室

"我没有任何技能!"我大吼着,把表格扔到了一旁。

桌子另一头儿的重新派遣处理员看了我一眼,露出厌恶的表情,然后在手中的写字板上打了几个钩。

"焦虑,粗鲁,缺乏自尊心。"她边写边小声说。

处理员戴的眼镜上挂着一条链子,那链子不断在她手上缠来缠去,但她似乎还是完成了许多工作。我猜,某人不是幻想她有两只手,而是想象她有八条触手状的手臂,它们不断在移动,到处写字。这是件好事,毕竟,这个办公室里的档案和文件都已经堆到天花板了。不过,堆到天花板也可能只是我的错觉,因为这房间实在很小。听别人说,重新派遣办公室一直在搬迁,现在是暂时位于塞满玩具的院子里的大瓦楞纸箱内。

"孩子们有时会把这里想象成宇宙飞船,"重新派遣处理员解释道,"有时又会想象成糖果屋、龙的巢穴、软泥派工厂、怪兽学校、逃跑的小火车。这些地方都塞满了想象力。"

"我有没有可能,"我问处理员,"直接回到芙乐身边?芙乐就是最初把我想象出来的女孩。她是听了我的请求才还我自由的。要是我回到她身边,她一定会高兴死了。"

"当然啦,高兴死了……"处理员说,我感觉得到她话语中的讽刺,"但是不行,我现在要让系统来分配你的文件。"

"可是……"我赶忙说道,"我还没回答最后几个问题……"

太迟了。一台看起来像旧卫生纸卷筒做成的机器哗哗响着,把我的表格吃了进去。思考片刻后,它吐出一张小小的卡片。

"很好。你走这扇门离开办公室——"她指着瓦楞纸箱的一个折板,看起来就像一扇狗门,"就会抵达新目的地了。感谢您选择本分行办理幻想朋友重新派遣业务,祝您有个美好的不存在的一天。"

我跪下来爬出门外,前往新家。与此同时,我回想起上次离开幻想朋友匿名会之前和臭袜子聊天儿的内容。

"跟着皮埃尔一次又一次地改变外形,实在太可怕了,这清楚地指出我有多不真实。"

"呃,外形啊……"没有肩膀的臭袜子尽他所能地做出耸肩的样子,"每个孩子最终都会改变外形——长大、变老、斑变多、皱纹变多、驼背驼得像枯萎的花朵。我就不太在乎外形。少花点时间想那些,多花时间想想这里头有什么。"

袜子指着我的胸口。如果我有心脏,它就会在他指的位置。

"为什么?你觉得这里面有什么?"我问。

"我不知道。"我的朋友说,"但你不觉得找出答案是你现在该做的事吗?"

38
我最讨厌的东西

爬出狗门后,我发现自己体内的灵魂来自我最讨厌的东西。

请听我解释。

离开重新派遣办公室后,我进入一个笼子内。我一抵达这里,当初通过的那扇门就消失了,让我困在了一个类似监狱的地方。

"其他人是怎么填表格的?"我大喊,"有没有手册可以供我参考?"

我平复了一下心情,告诉自己不要惊慌,先评估状况:

1.我现在闻得到几亿种味道。
2.我的听觉似乎变得非常敏锐,世界上所有的声音仿

佛都是环绕立体声播放出来的。

3.我肯定是变成超级英雄了。

4.或是另一个等待拯救的少女,被关在高塔上……

5.我的身体很痒,痒得像是夏夜出门玩耍,玩到全身都是蚊子咬的包。

6.我要不是超级英雄,就是身上长疹子的公主。

7.这座监狱里有许多狗。

8.狗有可能幻想出幻想朋友吗?

9.应该先问,狗有想象力吗?

10.哦,有人来了……

这个小团体的成员包括一个制服上有污渍的男人,一对夫妻,和一个绑着辫子、穿着漂亮白色连衣裙的小女孩。她不断撞墙又弹开,跑去看一个又一个的笼子,看起来就像是灯泡工厂里的飞蛾,也像是参加苍蝇家族聚会的青蛙。

"那只有好多点点!"她大吼,"那只好大!看看它的耳朵!摇来

摇去的尾巴！你们觉得那只软不软？看看它的脸，小不拉叽的！啊啊啊啊！"

"就跟你说这是个烂主意。"女人对男人说，"她还不够负责，不能养狗。"接着，她用较大的音量对女孩说："别忘啦，莫拉宝贝，我们只是来转一圈。"

"我全部都要！"女孩以大吼回应，并在狗笼之间的走道上来回奔跑，犹如热带花园中的蜜蜂。

莫拉在关住我的笼子外停下来，伸手指着我，让我吓了一跳。

"这，"她非常有诚意地说，"就是我要的狗。"

"你叫谁狗啊，孩子？"我问。

"啊啊啊啊——！"莫拉尖叫，"它会说话！"

"哦！哦我的妈呀！哦天哪！"我被现实当头棒喝（也许那棒是打在我的鼻子上）。

"我是一只狗，对不对？"

女孩的爸妈也走到我的笼子外面。两人对望了一下，又看看莫拉，再

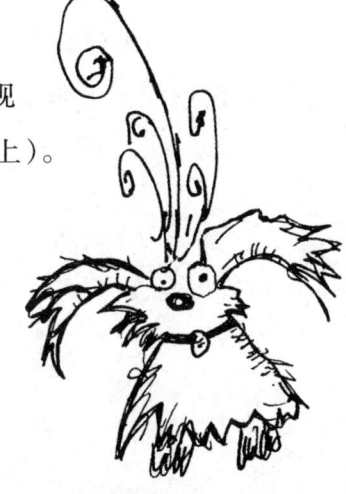

看看我。呃,算是往我这瞄了一眼啦,事实上视线是落在笼子的另一头儿。

"当然好啊。"莫拉的父亲用假惺惺的上流人士语气说,"我的小花蕾,这个笼子里的狗,你想养几只就养几只。"

"里面只有一只!"莫拉回答,"一只完美的狗。给我给我给我!"

这时,这对爸妈盯着邋遢的狗舍管理员,用表情说道:呃,把那只隐形的狗交给我的孩子吧。

显然,那不知所措的狗舍管理员开始表演起夸张的哑剧。他打开笼子,摊开手,仿佛在向其他人展示我,然后,他用机器人的嗓音说:"看,这是一只狗,在这笼子里,你可以带它走了。"

于是,莫拉跑进笼内将我一把捞起,将我抱得好紧好紧。结果(哦,要承认这种事真尴尬!)害我在她漂亮的白色连衣裙上撒了一泡幻想尿。

39
莫拉与狗永远在一起

抵达莫拉的卧室后,我发现她对狗的狂热真是太可怕了:这里有狗粮、狗水碗、狗咬胶、狗海报、牛奶骨狗点心、有褶边的狗床,甚至还有一本剪贴簿的封面贴着爱心,上头印有"莫拉与狗永远在一起"的字样。

"不觉得这样写太含糊了吗?"我抓起一支记号笔,涂掉"狗",然后写上"雅克·帕皮尔:暂时是一只狗"。

"哦,我的天哪!"莫拉大为惊艳,"你还会写字?"

"我当然会写字。"我挺起胸膛说,"英文老师或许看不到我,但我个人认为,我读二年级时是班上最会拼单词和写书写体的人。"

"会写书写体的狗……"莫拉摇着头说,"我真的捡到宝了。"

我开始东翻翻西翻翻,适应自己的新家。

"那个，"我指了指骨头，"对我没用，我要吃你吃的东西。我也很喜欢温暖的泡泡澡和古典乐。但不知为什么，我现在很希望你搔搔我的耳朵后面。"

莫拉凑了过来，搔的正是我希望她搔的位置。真不赖。

"还需要什么吗？"她问。

"需要。"我说，"我想知道自己长什么样子。"

"我可以用爸爸的相机帮你拍张照片。"她提议。

"没用的。很遗憾，拍得到幻想事物的底片或照得出我们的镜子都还没有被发明出来，傻瓜。"我说道，然后把一盒蜡笔推向她，"你得把我的样子画出来。"

"好玩儿！"莫拉说，"你要在哪里摆姿势给我画？"

我环顾四周。

"这里。"我说，然后慵懒地躺到我的褶边狗窝上，模仿博物馆内那些老画作中的贵妇的样子。

"要画比较好看的角度哟。"我说，"我的意思是，如果有那种角度的话。"

40
雅克·帕皮尔的肖像画

艺术家莫拉完成画作后拿起来端详一番，然后以热切得夸张的方式翻过来给我看。我从狗床上起身，走近她细看。

我心想，只能透过别人的眼睛看见自己，真是一件怪事呢。和芙乐在一起时，我完全忽视了这一点。虽然镜子和照片都映不出我自己的身影，可我从来没觉得事情有什么不对劲。现在，我总算要来面对自己的真实处境了。

"莫拉，"我问，"你使用这个工具的创作经验……丰富吗？"

"你是说蜡笔吗？"莫拉问，"当然常用啊。你看，有一半的笔都用到只剩一小截了。"

"那么，你现在是在追随毕加索的风格吗？进入了……香蕉时期？我会这么说是因为，你看看这比例……这个,我讨厌批评别人,但这脚实在太短了,而且我的肚子似乎会在……"我停顿了一下,瞪着前方,开始口吃,"会在,呃……地上拖。"我把话说完了。

我的心脏开始狂跳,每一拍都唱出同一个名字:

弗朗索瓦,弗朗索瓦,弗朗索瓦。

我发现自己变成了自己最讨厌的东西。

我是一只腊肠狗。

41
幻想紧急状况

我等到莫拉入睡,环住我脖子的手不再像老虎钳那样紧时,才溜到街上找公共电话亭。途中,我经过一个从电线杆掉到地上的告示牌:

寻找失踪的幻想朋友。请打电话给皮埃尔。

我打了个冷战,低头继续前进。

进入电话亭后,我利用后腿爬上里面的小椅子,投了二十五分硬币到投币孔内,然后打电话给幻想朋友重新派遣办公室。自动录音机接起电话,开始列出一连串选项:

您拨的号码是重新派遣办公室的下班时间紧急热线。我们的分机号码做过调整,请注意。

如果您被想象成室内盆栽,请按1;

如果您被想象成注册商标角色,担心法律问题,请按 2;

如果您在吹大风的日子被想象成云朵,请按 3;

如果您被想象成鬼魂,请按 4;

如果您……

我把头靠在冰凉的电话亭侧墙,闭上眼睛听着电话录音,里头列出的幻想紧急状况仿佛有无穷无尽的种类。

如果您被想象成食物,即将被吃掉,请按 26……

如果您被想象成沙雕,而水已淹到您脚边,请按 55……

如果您被想象成您最讨厌的东西,请按 99……

"总算轮到我了!"我大喊,马上按 9 键两次。铃响几次后,一个睡意浓厚的声音接听了。

"喂,请问您的幻想紧急状况是什么?"

"我被想象成一只腊肠狗了!"我对着话筒大吼。

"好,请冷静。"服务人员说,"我拿一下狗紧急状况受理单。第一个问题,您的新朋友有虐待倾向吗?"

"没有。"我回答。

"您的新朋友有没有强迫您吃狗粮?"

"没有。"

"有没有无视您的意愿,玩'丢了又捡'游戏?"

"没有。"

"您的新朋友有没有试图把您当马骑?"

"没有!都没有。"我说,"莫拉其实挺可爱的,问题是我个人很讨厌腊肠狗。"

"哦,那您一定是在调动表上填了什么,才被指派到那里去的。"时间一分一秒过去,她说话时的厌倦感越来越强了。

"我提到我曾经跟一只叫弗朗索瓦的邪恶腊肠狗住在一起。"我解释道,"但当狗显然不是我的喜好。"

"啊!"服务人员说,"一定是这样的,系统使用了关键词搜寻,结果挑到了'狗'。"

"哦,太棒了。"我酸溜溜地说,"这系统真是美妙,靠想象力和厕所卫生纸组合成的机器竟然运转得那么好。但不管怎样,"我接着说道,"我还是需要新的派遣!"

"是这样的,先生,既然这并不是真正的紧急状况,您得等到星期一再说。就算您等到星期一,获得重新派遣的概率仍接近零。祝您有个美好的不存在的周末,再见——啰。"

你们相信吗?她竟然挂了我电话,在我最需要帮助的时候!我现在明明有危机啊!

我觉得,我现在比腊肠狗还不如。

42
揉肚子与萤火虫

我沮丧地走路回莫拉家,途中拼命忍住冲动,才没有对着月亮号叫。我经过一架秋千,在公园里与牛仔女孩相遇的记忆浮上心头。我当时真是抱怨个没完啊!因为什么抱怨?因为我有一个亲爱的姐姐和一对可爱的爸妈,人生幸福到极点?我真是蠢透了!

我决定要荡一下秋千,不过花了九牛二虎之力才让前脚踩上秋千,然后再把下半身拖上去。就算这样,我也只不过变得像一块松松垮垮的三明治,可怜地挂在雨中。

没办法再荡秋千了,我过去人生中做过的许多事也都做不了了。

接下来几天,我发现了当狗的唯一好处(相信我,为了这点好处变成狗是不值得的):以前爸妈不准放学回家的芙乐和我把自己搞得脏兮兮的,但现在我可以尽情胡闹。我可以在散发清香的草地上打滚,跌入泥坑,把萤火虫含在嘴里,尝它们的味道(味道像鸡肉)。还有,我现在的身体离地面比较近,因此可以嗅闻露水,可以和蚂蚁一起行军,感受储存在泥土里的阳光的温暖。

我继续以莫拉的狗的身份生活,尽可能开心度日。直到有一天,我在厨房听到她爸妈放好采买食品后的对话。

"你买除蚤药了吗?"莫拉的妈妈问。

"买了。"她爸爸叹了一口气,"但你不觉得,帮想象中的狗除想象中的跳蚤很浪费钱吗?"

"事实上,"莫拉的母亲回复道,"我认为她展现了强烈的责任感。如果她能继续保持下去,到时候应该就能让她养一只真狗了。"

好,他们使用的字眼是"真狗"。但在我听来,那等于是我离开这里的车票。

43
狗做了我的作业

看来我只需要让莫拉继续展现责任感就行了。而当我告诉她,她可能会得到一只真狗时,事情就变得更加简单了。

"你可以的。"我告诉她,"你有足够的活力、精神,你就像人形发条玩具!我甚至可以帮你。"

于是,我每天都在窗边等莫拉放学回家,然后和她一起忙东忙西。

"我今天帮腊肠狗雅克·帕皮尔洗澡了。"莫拉在晚餐时间对爸妈说,"我还吹干了它的毛,帮它梳理、剪指甲、刷牙、拔眉毛。"

"哇!"她爸爸咬了一口猪排,"我甚至不知道狗有眉毛呢。"

隔天,莫拉在客厅遇到妈妈。

"我洗了所有的衣服。"莫拉拖着有她半个人那么大的篮子,"洗,晾,折叠好。我甚至洗了所有容易坏的薄衣服。"

"呃……谢谢你,宝贝。"莫拉的母亲说道。她看着自己女儿的表情很诧异,仿佛她长了第二颗头。

"还有,爸爸,"莫拉转头看向正在读书的爸爸,"我帮你擦了皮鞋,倒了垃圾,清理了排水渠。"

"太厉害了!"她爸爸目瞪口呆。

"哦,还有,"莫拉离开客厅前说,"我还帮你换了汽车的机油。"

她绕过转角后,和我击了个掌(爪)。

"好,"我说,"接下来是学校作业。你有没有额外的习作可以写?拿到明年的课本了吗?"

你一定不知道,莫拉那个星期交了学校作业后,拿了A+++。

我得承认,这感觉真的很棒,尽管她的老师被完全吓傻了。

"你进步很多呢。"莫拉的老师说,"我想知道你为什么会改变这么大。"

"哦,没什么。"莫拉说,"我的作业是狗帮我写的。"

44
史上最棒的狗

后来的某一天(多么光荣的一天),莫拉的爸爸捧着一个箱子进了家门。那不是个普通的箱子,是顶端绑着蝴蝶结、两侧挖了通风孔的箱子。我知道那代表了一件事。

莫拉打开箱子时,我以为她会尖叫、大吼,或者头会像蒲公英那样炸开。结果,她就只是温柔地从箱子里抱起那只破布团似的米克斯犬,亲吻它的额头,令我大吃一惊。她快乐得很冷静。她让小狗闻她的手,而当小狗舒服到睡着时,她还是很有耐心。不管从哪个角度看,她照料真实宠物的能力都是 A+++ 级的。

"好可爱的狗。"我说,"选得好,体形不会太椭圆。"

不过莫拉没在听我说话,她的人正在遥远天边的真狗天堂里,感受着那里的温暖。

我走进卧室,打包我当狗这段时间的少许行李(包括莫拉画的那张蜡笔画),然后退到走廊上。

"嗯,"我大声说话,声音回荡在木头地板和墙面之间,"我想我要离开了,没人需要我待在这里了。"

莫拉养了一只真狗,所以我认为自己有权离开了。正合我意。

"再见了。"

真是怪了,没人聆听的字句似乎比其他任何字句都要空洞、渺小。但在我完全钻出狗门前,我听到一串急促的脚步声,感觉到一只手按到我的背上。

"如果你想走就走吧,没关系。"莫拉说,"反正我已经有那只小狗了。你从来就不爱当狗对吧?"

"呵呵。"我微笑着说,"也没那么糟啦。"

"离开前,"莫拉说,"想不想知道我那么喜欢狗的原因?"

"老实说,我想知道。"我说,"我只认识一只狗,而它糟透了。"

"我喜欢狗是因为,"莫拉说道,"它不在乎你是不是太好动,长相怪不怪,是不是班上最不会算乘法的人。就算你的衣服脏兮兮的,说笑话总是说不好,是全年级最不受欢迎的小孩儿,狗也不会在乎,它每天还是会等你回

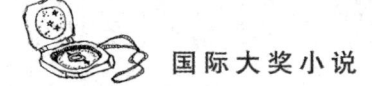

家,看到你还是会很兴奋。最棒的狗会认为你是世界上最棒的人。"

"但你知道什么样的狗是最棒的狗吗?"莫拉说,"最棒的狗会让你觉得自己什么事都办得到。你想想,世界上有多少人能这么相信你?有多少人能看到你隐藏的特质,让你觉得自己很特别?"

"几乎没有。"我点头表示同意,"如果遇得到一两个就很幸运了。"

"嗯,暂时当狗的雅克·帕皮尔,你知道吗?"莫拉问。

"知道什么?"我问。

"你,"她露出狂野的、大大的微笑,"是史上最棒的狗。"

45
我将会怀念的事物

回过神儿来之后,我又在重新派遣办公室里等待了。等待的期间,我一直反复回想莫拉说过的话。

史上最棒的狗。

这番话对我来说有什么意义?我无法告诉你,因为我自己也弄不清楚它的意义,也不知道它对我来说为什么那么重要。

史上最棒的狗。

我上一次感觉到自己很特别,是跟芙乐在一起的时候。我发现,那是让我想要回赠给对方的感受。帮助莫拉其实让我自己乐在其中,令我没想到的是,帮她其实比帮自己的感觉更棒。莫拉说的话是不是有什么魔力呢?

我只知道那句话听起来棒极了,而且大家(就算你不是狗)都应该试着说那句话,也许默默对自己说,又或者

闭上眼睛大声说,直到你真的相信。

"我是史上最棒的狗。"

来吧,试着说说看。

"我是史上最棒的狗。"

"我不知道你是不是最棒的狗,但你肯定是一只椭圆得很彻底的狗,我很确定。"

我睁开眼睛,从神游中回到现实。

"真的是你吗?"我跳起来扑倒溜冰牛仔女孩,不断舔她的脸,直到她开始搔我的耳后。

"嗨,你好啊,雅克·帕皮尔。"牛仔女孩说。

我突然意识到我们两个人都在这里,也想通了这代表的意义:"既然你在重新派遣办公室,那就说明……"

"我的小女孩让我走了。"牛仔女孩把话接完,"没错。"

"你还好吗?"

"哦,你知道的,"牛仔女孩说,"很难熬。我忍不住一再回想我将来会怀念的那些东西,以后我都见不到它们了。她下个礼拜会参加第一次学校舞会,我知道她不会让我参加,但我还是想看看她穿礼服的模样。你知道,我只看过她穿连身裤和牛仔靴。"

我为这件事思考了片刻。我想起了芙乐,想到她要求我永远不要忘了她。如果情况允许的话,我想回到她身边。

"我认为你会到场的。"我说着把脚掌搭到她的手上,"你是她幻想出来的,所以你是她的一部分。我认为这一点永远不会改变。"

牛仔女孩擦干眼泪,试着展露微笑。

"也许你说得对。"她拍拍我的头,"谢啦,伙计。我想你搞不好真的是世界上最棒的小狗狗。"

牛仔女孩前去接受新派遣后,我巧遇了我最不想见到的过去的熟人。

"很棒呀,年轻人。既然你在重新派遣办公室,那就代表你照我的提议做了吧?"

"你!"我大吼,用脚掌指着吓人鬼,"你要我!"

"哦?"吓人鬼说。他正在啜饮一杯茶,小指从杯中伸出来,滴了一些水到地板上。

"我只是想要答案,"我说,"想知道自己是什么样的人。你却要我,害我变成现在这样。我有对你发火的权利!"

"发火?"他说,"在我看来,你似乎是在害怕呢。"

吓人鬼凑向我，我闻到了恐惧的味道。他吓坏了那些幻想出他的孩子，而那些恐惧就沾染在了他身上。

"而我，"他接着说道，"明白害怕是怎么一回事。"

"害、害怕？"我吞吞吐吐地说，"怕什么？"

"也许，"吓人鬼说，"你已经解开'自己到底是什么人'之谜了，而且也许……只是也许啦，也许你并不喜欢那个答案。"

46
吓呆的草原土拨鼠

这一次,我用谨慎好几倍的态度填完表格。机器处理完毕后,我开开心心地告别吓人鬼,穿过办公室门来到新家。我已准备好要证明自己天不怕地不怕。这是间寻常老房子里的寻常客厅,我看到的第一样东西是一颗躲到沙发后方的头。那颗头上有浅褐色的头发,戴着厚厚的眼镜,动作令我联想到躲进洞穴中的草原土拨鼠。

"呃,你好?"我说。

沙发后面的人影一听到我这么说就冲向走廊,打开一道门,冲进房间,然后重重甩上门。我跟过去,敲门,没人响应。于是我又试了一次。试到第三次时,门总算吱呀一声,开了几英寸的小缝。

"我来跟你打声招呼。"我说,总算跟眼镜后方那对小猫头鹰似的眼睛对上了焦,"我是雅克·帕皮尔,很高兴见

到你。"

我伸出手想和男孩握手,他却抱住自己的头,仿佛怕我揍他一顿。

"你有没有名字呢?"我问。男孩没回答,不过我看到衣柜门上挂着一个背包,上面有记号笔写的名字。

"是这样的,伯纳,"我说,"我总觉得你希望我离你远一点儿,但这有点儿困难,因为我是你想象出来的。"

伯纳听了我的话,眼睛瞪得更大了。我正准备问伯纳把我想象成什么样子时,厨房里有个男人发出了呼唤。

"晚餐时间到了,小伯纳!你又躲到衣柜里了吗?是的话要先洗手。"

伯纳的回应是:头发着了火似的从我身旁冲过去,奔向厨房。

如果你问我的想法,我会说那只草原土拨鼠不怎么有礼貌。我猜,在这里生活不会有任何乐趣。

47
荒 色

我来到伯纳和他爸爸所在的餐桌前。伯纳的爸爸也戴着眼镜,跟他儿子一样,上衣口袋里装着好几支会漏墨水的笔。

"小伙子,今天过得好吗?"他爸爸问。

"过得好吗?'存在得好不好'会是更好的问题……噢,"我停住,"你是在跟他说话。"

伯纳盯着餐桌另一头儿的我,眼睛一眨也不眨。

"今天在课堂上,"他爸爸开口了,"我给学生们讲人类眼睛的构造。大家知道了眼睛里面有上百万个感光细胞,叫视锥细胞。有它们在,我们才看得到颜色。"

难怪他会又戴眼镜又带笔,他是职业级的书呆子。

"狗只有两种视锥细胞,"他爸爸继续闲聊着,并在儿子的盘子里堆起豌豆小山,"所以它们只看得到绿色和蓝色。"豌豆散发出的热气令伯纳的眼镜起了雾。

　　伯纳没摘掉眼镜,而是直接拿起盛满豌豆的叉子,往自己的脸送过去。叉子抵达时,上头已经没半颗豌豆了。他要不是戴着眼镜,一定会戳到自己的眼睛,我相当确定。

　　"人类,"伯纳的爸爸像本科普书似的继续说下去,"则有三种视锥细胞,因此看得到绿色、蓝色和红色。蝴蝶有五种视锥细胞。"

　　"不过视力最好的动物,"伯纳的爸爸接着说,"是某种虾,它们有十六种视锥细胞,你相信吗?

　　"所以说,我们看到的彩虹是由绿、蓝、红组合出来的。但你现在想象看看,彩虹在那只小虾眼中会是什么模样?一定是又大、又宽,有红外线、紫外线和一些我们无法想象的画面。因此,它们理论上跟我们看的是同样的东西,但它们看见的东西对我们来说是——"

　　"看不见的。"伯纳把话接完。

伯纳的爸爸惊讶地微笑。他不再说话,仿佛猎到了一头野生动物,手边就有肉可吃,他决定不再碰运气。

晚餐结束后,我和小伯纳坐在一起。他继续瞪着我看,眼睛一眨也不眨。

"孩子,我没别的地方可去。"我眯起眼睛回瞪他,"我可以整晚都这样。"

"荒色。"伯纳最后总算打破沉默。

"你打喷嚏啦?保重啊。"我说。

"那是其中一种我们看不到的颜色,荒色。"伯纳说,"还有白热色、新星色、雷普力色。"

"是啊。"我点点头,没想到这孩子能把那么多字符组合在一起,我都有点儿反应不过来了,"那个,呃,别忘了美丽的古灵色、夜光多芙色,还有细腻的风泌色。"

伯纳眼睛一亮,站起来,开始在房间内走来走去:"或盐色、失眠色、无忧色、多嘴色、寂寞色、烧伤色、准时色。"

"有些是我很喜欢的颜色。"我点点头表示同意,"我们可以把这个房间漆成悄悄话色,或跷跷板色,或是美妙的忽略色和隐形色。"

伯纳忍不住发出安静的、喘气似的笑声。

"棒极了。"他补了一句。

我也笑了。我还能说什么？这孩子的个性其实真的很有趣。

　　不过我后来才知道，伯纳还有许多其他人看不到的"颜色"，这只不过是当中的一种。

48
月光投在地上的发亮的方块

那天晚上,我睡在伯纳房间的睡袋里。我躺着,意识清醒无比,看着月光投在地上的发亮的方块,想着小伯纳和我刚刚编出来的词。那真的很棒,因为你要是仔细想想,就会发现世界上的词根本不够多。比方说,我们没有一个词可以称呼"月光投在地上的发亮的方块"。

有时候你想要介绍某人,却忘了他的名字。大家都会在那时感觉到恐慌的折磨,但你却没有一个词可以形容那种感受。

我们也没有一个词可以称呼字母汤中的秘密讯息;

或"长长的冬天过去后首次赤脚走上草地";

或"狗爬上你的床,摇尾巴,开心地把爪子搭在你的脸上";

或"某人的微笑灿烂到像是脑袋中关着一只萤火虫"

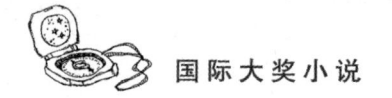

（各位听好了，我提议可以用"芙乐"这个词来称呼这个状态）；

从后面拍人肩膀耍他们玩的游戏也没有名称；

二手书中的陌生人留下的纸条也没有。

像伯纳这么好笑又奇怪的小孩儿，认为当世界上存在感最低的小孩儿总比被人欺负好，而我们也没有一个词可以形容这件事。我猜，不存在确实有令人自在的那一面，例如可以像空气那样随风飘，也可以在其他人注意不到的情况下进出某个地方。没有朋友，也就不会失去朋友。

我们没有一个词可以称呼不想被打捞的沉船、躲在干草堆里的针和永远埋在沙底下的珍珠。

"这个，小伯纳呀，"某天，我们在电影院买票时被好几个人插队，我忍不住对他说，"像我这种真正的隐形人要是看到你这么努力想隐形，会觉得有点儿被羞辱啊。"

别人也许不会注意到他这些举动，但身为真正隐形的存在，我特别敏感。上美术课时，他总是把自己的画挂在别人的后面；他会穿一些颜色黯淡的衣服；他走路时安静极了，仿佛双脚是蒲公英做的。

伯纳隐藏着真实的自我，就像藏坚果过冬的松鼠那样。而我们没有一个词可以描述这件事。

"有一次,"他说,"我隐形得可彻底了,有只鸟——真正的鸟——停到了我头上,我差点儿以为它打算接着在上头筑巢呢。"

我心想,我们绝对没有一个词可以形容适合让鸟定居的人。

49
龙虾出击

伯纳要不是差点儿弄瞎班上的某个女孩,他也许可以永远隐形吧。

那是体育课上发生的事,大家在户外玩所有戴眼镜的学生最害怕的游戏——躲避球。事实上,伯纳的同学并没有称那游戏为躲避球,而是称之为树篱球或树丛球,因为球场旁边的树篱和树丛太多了。伯纳又使出了他所谓的"寻常战术"。

"好,你躲在树丛里,然后呢?"我问。

"然后我就一直待到体育课结束啊。"伯纳的表情仿佛在说"哎哟你真蠢呀"。

"但打躲避球应该很有趣啊。"我说,"那是游戏区。"

"你有过站在游戏区里面的经验吗?"伯纳说,"那里是无法律地带!无政府状态!那些拿着球的人仿佛在喊着'让我们追杀班上所有的四眼田鸡吧!'"

"哇,你说得真生动。"

伯纳的招数原本可以奏效,但当他那一队的所有队员都"阵亡"后,有人发现树丛后方有一抹鞋带的红色。

"嘿,我们还有人没阵亡!"伯纳的队友大喊。

伯纳的猫头鹰眼探出树丛边缘偷看。

"那是谁?"

"他来过学校吗?"

"我认为那只是一只大型啮齿动物。"

但他错了,那是伯纳。他被迫离开藏身处,加入游戏。每颗游戏场用球都掉在他所在的那侧,更有几颗球直接卡在他刚刚躲藏的树丛上。他谨慎地捡起一颗球,推好眼镜。

"可……可怕得要……要命的状况。"他结结巴巴地说。

他的评估很中肯,因为他的敌手有好几个。

有个男孩在躲避球场上的绰号是"长号",因为他的双手很长,抛出去的球就像弹弓射的,接球的能耐也强到令人嫉妒。场上还有个女孩绰号叫"午夜蓝",个头小,动作快,别人永远来不及察觉她出招儿。最后是最可怕的人——"鸡舍"。那个男孩为什么能一次拿起那么多球?这绝对是科学界的谜团。他拿着那些球的样子就像在拿着几个小鸡蛋!

"你只需要,"我告诉伯纳,"一手拿一颗球就够了。"

伯纳照做了。我站在原地仔细打量他。

"龙虾。"看了一会儿后,我说。

"什么?"伯纳问。

"那可以当你的球员绰号,因为这两颗红球看起来像龙虾的钳子。"

"谁管那个啊!"伯纳大叫,"我到底该怎么办?"

"也许挑后面最懒洋洋的人下手吧。"我建议,"看!那里有一群女孩子从头到尾都只顾着聊八卦。"

"我办不到。"陷入恐慌的伯纳轻声说,"那群人当中有一个脸上长雀斑的女孩子。"

"呃,所以呢?"我说,"那就瞄准雀斑。"

"不,"他回答,"我就是觉得她……人很好。"

"很好?"我没多想,"谁在乎她……哦——我懂了。"我总算想通了,露出贼贼的笑容:"你超级无敌疯狂迷恋上她了对吧?"

"她根本不知道有我这个人存在。"伯纳回答。

"别再对你的幻想队友说话了,快继续比赛!"边线那边传来呼喊声。

于是,伯纳谨慎万分地走向游戏区的白色界线。我和他一起过去,心中祈祷我们之中至少能有一人不要丢了性命。

"要像橡胶蝴蝶那样飘,"我下达指示,"像塑料蜜蜂那样蜇。"

伯纳咬紧牙关,眼镜放大了他眼神中的决心,他扔出球的瞬间,时间减速,行星联机,然后……

伯纳的球真的打中了某人。

球离开了龙虾的钳子,亲上了……

"完蛋了。"伯纳倒抽一口气,"球正中她的脸!"

没错。白线另一头儿,伯纳的暗恋对象用双手捂着眼睛,同学和老师都跑向她。

"这个……"我拍拍伯纳的背,试着安慰他,"至少她现在绝对知道你的存在了。"

50
小蝴蝶面

伯纳和我站在医务室窗户下方,我把头探到窗台上偷窥,想要了解窗玻璃另一头儿的状况。

"你看,"我蹲回伯纳身边说,"我就说她没事嘛,只是在里头冰敷眼睛而已。如果伤势很严重,会有救护车或神父之类冒出来的。"

"是吗?"伯纳说,"那么我现在是不是应该去道个歉?"

"哎哟哎哟,"我阻止伯纳,"冷静下来,大情圣。你连要跟那个女孩说什么都不知道吧?"

"'很抱歉,我拿球砸伤了你的脸'如何?"伯纳回答。

"不,那样太无聊了。"我说,"老兄,你有我在真是太幸运了。想跟女孩聊天儿,就得先准备一些话题,就得……嗯,要找到你们的共同点。"

"我不知道我们有什么共同点。"伯纳说。

"嗯……你最喜欢的东西是什么?"我说,"我们想一个每个人都喜欢、都会提起的东西就对了。比方说……你最喜欢的动物是什么?"

"海马。"伯纳毫不犹豫地回答。

"你要不要再重新考虑一下?"我说,"不要?好,那就海马。你最热衷的爱好是什么?"

"我喜欢做软泥派。"伯纳说。

"不浪漫。"

"晚餐吃玉米时,我爱剥玉米粒。"伯纳试着说点别的。

"剥玉米粒不是爱好。"

"我喜欢收集羽毛。"

"好恶心。"

"我想当魔术师,阿拉卡赞!神圣胡迪尼!"

"拜托,千万不要告诉那女孩!"

"我喜欢编歌。"伯纳又试了一次。

"好,很好。"我总算表达赞许了,"音乐,每个人都喜

欢音乐。"

"是啊。"伯纳说,"我喜欢帮各种意大利面编歌。小蝴蝶面——"他开始唱,"螺旋粉、直面、通心面、笔管面!"

"好,好,请停下来。"我说着揉揉自己的头,"我有了个新计划。你进去,我待在窗户外头帮你提词。"

"那样感觉不太老实。"伯纳回道。

"追女生时,"我逼伯纳进门,"运用想象力永远是件好事。"

51
你刚刚就在了吗?

伯纳用他惯用的方式进入医务室——像是出门后发现自己忘了穿裤子的鬼魂。他鬼鬼祟祟地溜进门内,护士根本没注意到他。接着,他又绕过放满小册子(有的讲头虱,有的讲不用牙线的危险)的书架。他偷偷摸摸又悄无声息到了极致,因此,当雀斑女孩注意到他时,惊讶得倒抽了一口凉气。

"哇!"她大喊。
"噢,抱歉。"当她发现来者只是无害的伯纳时,立刻就冷静下来了:
"你刚刚就在了吗?"
伯纳没回答。
"我是佐伊。"她说。

我试图运用绝地武士①的原力②逼伯纳说出自己的名字,但他光是杵在那里,像是园游会上张着嘴巴让人射水进去的小丑。我担心他装满了水的头随时都有可能不堪重负地倒下。

"你……"佐伊说,"你不就是拿球砸我的人吗?"

伯纳这次的回应是:满脸通红,试图躲到佐伊床铺旁的布帘后方。我猜我差不多该出手了,免得伯纳最后被打个鼻青脸肿。

"嘘!"我出声。

伯纳望向窗户。

"不,别看我!"我大喊。

伯纳把头甩回佐伊的方向,接着低头,然后又望向天花板。

"谈谈躲避球比赛。"我咳嗽。

"我该道歉吗?"伯纳轻声说。他没望向窗户,但也没看着佐伊,他正对着地板说话。多像个疯子!

"你在跟我说话吗?"佐伊回复。

---

①绝地武士,美国科幻系列电影《星球大战》中的角色。
②原力,《星球大战》系列电影中的能力,是一种超自然的而又无处不在的神秘力量。

"告诉她……"我试着想一些诗意的话,"告诉她,她的头发颜色像是刚剥下的玉米,她的眼睛像软泥派,她的雀斑像是连连看游戏,连出来的是你的心。"

"不!"伯纳大喊,"我不会说的!"

"好,那就别道歉了。"佐伊说道,双手盘在胸前,"老天呀!"

我甩了自己一个巴掌,我们得让事情步上正轨才行。就在这时,护士过来查看佐伊的状况。她拿掉冰敷袋,查看了伤势。

"你留下了划伤,"她说,"得戴几天这个。"护士递给佐伊一个黑色的医疗用眼罩,像是海盗会戴的那种。

"我打电话给你妈妈了,她很快就会过来。"护士接着说,"她到之前再休息一下吧。"

护士伸手到背后想拿一个枕头给佐伊。

"哎哟!"她大喊,差点儿踩到伯纳。

"抱歉,"护士道歉,"你刚刚就在这儿了吗?"

完全没希望了,我心想,这比我预料的还难。

52
小伯纳宝贝的第一个通顺的句子

我说服伯纳在放学后带一束蒲公英花到佐伊家去,花茎在他紧张的手中萎靡着。这是个十分有必要的社交行为,尤其他(好吧,我们)在第一次道歉时捅出那么大的娄子。

"又是你?"佐伊说。她原本向妈妈提出抗议,不想来应门,怕有人会看到她的眼罩,但后来还是被说服了。

"你是来这里继续不道歉的吗?"她问伯纳。

伯纳光是站在那里干瞪眼。我顶了顶他的肋骨。

"哦。"他轻声说,气呼呼地看着我。最后,他总算挤出勇气,手伸进口袋取出眼罩。它是黑色的,塑料材质,是去年万圣节服饰的配件之一。伯纳拿下眼镜,把眼罩盖在左眼上,再戴上眼镜,双手比出软弱无力的"耶!"手势。

我原本以为佐伊会把这理解成嘲笑,出拳揍他。但实际上,她没受伤的那只眼睛里闪过了一丝笑意。成功了!顺利又圆滑。总有一天,会有人为我们这个温文尔雅二人组写十四行诗的,如果没有我就自己写。

"来吧,怪胎。"佐伊抓住伯纳的手,"你可以帮我完成一个计划。"

伯纳让佐伊带他进门,同时转过头来看着我,心声全写在脸上:总算被看见了。

而且他很害怕。因此我认为自己还是该继续奉陪,尽管这样会变成电灯泡。

佐伊家后院里有个植物和岩石环绕的游泳池,旁边还有个小瀑布。

"真时髦!"我说道,"有谁想来一杯菠萝可乐?"

我试着想些台词给伯纳用(关于命运、缘分、躲避球自己改变的路径等等),结果发现他已经在说话了,全靠自己。我觉得自己就像个木偶师,而我的牵线人偶自己站了起来,开始跳踢踏舞了。

"那个东西的亮晶晶是什么?"他问。

好吧,看来危机并没有完全解除,不过他还是做出了很棒的尝试。

"哦,我朋友和我准备在才艺展示会上表演舞蹈。"佐伊解释道,并拿起一顶帽子,帽檐上贴满了绿色金属亮片。

"看起来像美人鱼的尾巴。"伯纳说,"那个,戴眼罩的人看得到美人鱼哟,虽然知道这件事的人不多。"

太好了,完美!伯纳终于成功地在女孩子面前讲出第一个完整的句子,虽然内容还是有些荒唐。

"呃,美人鱼?"佐伊问。

"对,"伯纳说,"你得遮住没受伤的眼睛才看得到她们。"

佐伊笑了,而且伸出手,真的盖住了自己完好的那只眼睛,让我吓了一大跳。

"美人鱼住的地方长得有点儿像你们家的游泳池。"伯纳说,"不过她们的房子是用鲸鱼骨头和沉船的残骸搭建起来的。她们会和海马下西洋棋,披着鱼鳞斗篷,睡在海草床上。"

听他说话的过程中,我觉得泳池另一头儿好像传来了微小的水花声。

"到了晚上,"伯纳说,"她们就会把电鳗当成夜灯打开,还会生火,烟会从珊瑚做的烟囱排出去。"

"等等,"听得非常投入的佐伊插了句嘴,"她们住在水底要怎么生火？"

"你应该要问她们才对。"伯纳说。

佐伊和我睁开眼睛。

好，是这样的，我知道是灯光让我们产生了错觉，也或许是我们吸入过多亮片胶水了，在我们眼中，佐伊家游泳池的淡水蓝一度变成了深邃、幽暗的海洋蓝。那一丁点儿植物和岩石被环礁湖取代了，瀑布那里有美人鱼栖息，下半身泡在水中，上半身沐浴在阳光下。她们溅起水花，潜入水底，笑声跟水声融合到了一起。

嗯，说到运用想象力，伯纳是有点儿像魔术师呢。

53
隐藏的面貌

伯纳当天晚上睡着后,我决定出去散散步,思考思考。美人鱼事件后,我发现伯纳并不胆小或害羞,他也并不想参加"世界上最像隐形人的人"的角色选拔。事实上,他只是活在自己的世界里——伯纳界。我想,这就是为什么蜜蜂和小鸟会停到他身上的原因。他的身体里显然装着一整个世界,有蜂蜜流成的河和花朵编织出来的心脏。他就像还没绽开的花苞,像里头装着一棵树的橡果,像没人听过的歌。

老实说,我现在开始觉得,如果我们有能力看见别人身上隐藏的面貌,那我们看到任何人都会产生敬畏。如果你看到他们在哼一些自己编的小旋律,看到他们对着镜子扮鬼脸,看到他们跟树叶击掌,或发现他们停下脚步,看绿色尺蠖靠隐形的丝线悬在空中,或看到真的跟别人很不一样的、很寂寞的人偶尔在夜里哭泣——这些面貌，这些真实的面貌就会令你忍不住想：每个人身上都充满了惊奇。

我猜，每个人也包括我自己。

但我有什么特别的地方呢？我猜，人无法随时了解自己的特质，是因为我们站得离自己太近了，就像花低头看，会以为自己是茎。我猜，最重要的，是你要相信自己，相信自己是特别的。还有，你身旁的人所能看到的你，比你自己知道的你，要多得多。

等我回过神儿来，我才发现我的双脚带我来到了游戏屋。我之前来过好几次，参加幻想朋友匿名会的聚会。还有人会认得我吗？我这次一直没时间要求伯纳描述我的长相，因为我忙着帮他，就忘了提这件事。

"你好？"我轻声说，将粉红色塑料门打开一条缝，"幻想朋友匿名会是不是还在……"

我的感觉决定我的隐形程度，幻想与否并不重要。

听大家唱诵完后，我挑了后方的一张椅子坐下，听第一个发言者分享，尽管我其实根本看不到前排的人。说话

的人一定矮到不行,我心想,他肯定不小心在调动表上写了小精灵或侏儒,这个可怜的小笨蛋。

"我是说,当然了,一开始很难受,"幻想小不点儿说,"但后来我想通了。也许有一天我可以飘着绕世界一圈,也许我会沿着亚马孙河往下飘,或飘上埃菲尔铁塔,或卡在一只毛茸茸的猴子身上,在最高的树上住下来。整体而言,我是个幸运的牛仔。"

其他会员拍手感谢这位幻想朋友分享心得。我也心怀感激,但不是因为听了她的分享。所有人都分享完,也吃完饼干、喝完果汁后,我总算可以走向那个幻想小不点儿了。

"牛仔女孩?"我问,"牛仔女孩,真的是你吗?"

54
一片绒毛上的世界

"你是……你是……"我在牛仔女孩面前结结巴巴的,试着想出正确的名词。

"一小片绒毛。"她帮我把话接完。

"好吧,是啊。"我说,"我的意思是,你是什么?蒲公英种子?棉花?谁会想象出这种东西?"

"想象我的人叫马赛尔,今年六岁。他读的一本书提到大象在一片绒毛上发现了整座城市,所以他也想要自己的一片绒毛,就想象出了我。"

"这让我好奇,"我说,"你在你的调动表上填了什么?"

"事实上,"牛仔女孩回答,"我没填表。呵呵,我猜风带我去的地方就会是好地方。"

微风吹入游戏屋,牛仔女孩乱飘了一阵子后才又停

下来。

"风带你回到了好地方。"我和她都笑了。

"那个,"我补了一句,"我还是觉得很不可思议,我竟然还认得你。"

"嘿,"她说,"你变成热狗一样的腊肠犬时我也认得你啊,不是吗?没那么难,不要看外表就是了。你有没有注意到,真实的人类也是一样?有些人过了七十年之后,你还是会认得他们。秘密就在于眼神。"

我试着在心中回想伯纳藏在眼镜后面的双眼,还有莫拉那充满活力的眼神,并不难。我试着回想芙乐的眼睛时,得到的记忆画面比较模糊,不过牛仔女孩说得对——它们就在那里,一会儿就变清晰了,里面的颜色像池塘,还有蓝色的、绿色的和金色阳光似的辐射状条纹。你看着看着就会觉得,随时会有鱼弹出那片池塘的水面。

"离开前,"牛仔女孩说,"记得拿你存在我这里的东西。"

"我的东西?"我问,"但我没有任何东西呀,变成新的小朋友的幻想朋友后就会失去一切。"

牛仔女孩飘到一张桌子上方,悬浮在一条餐巾附近。我跟过去,拿起餐巾,看到它原本盖住的东西时,我惊讶得忘了呼吸。

"我跟别人换来的。"她说。

桌上放着的东西,是芙乐给我的指南针。我本以为它已经落入吓人鬼手中,永远不会回来了。不明白价值时拱手让人的东西,是很少有机会回到手边的。我紧握住指南针,明白它真正的魔力是什么了。它提醒着我失去过什么,要我珍惜当下,因为当下也许转眼间就会成为过去。

55
伯纳的才艺

"伯纳,"隔天早餐时间过后,我说道,"我决定了,我们要参加学校的才艺展示会。"

伯纳瞪着手里正舀着麦片的汤匙,眼睛一眨也不眨,仿佛里面盛着的是迷你版的世界末日。

"你有没有听到我说话?"

"没有。"伯纳回答。

"我说我们要参加学校的才艺展示会!"我大声地吼。

"我听到了。"伯纳捂着耳朵说,"我的意思是——不要!我不可能参加。你看看我!"

"你看起来很棒。"我说,"这是新衣服吗?你真适合条纹啊,我的朋友。"

"不,"伯纳说,"我的意思是我没有才艺,一样都没有!我连走路的时候都会左脚绊到右脚,有次跳绳差点儿害死自己,我还对蝴蝶过敏。"

"我不认为你说的那些跟才艺有什么关联。"我说,然后又补了一句,"真的吗?蝴蝶?算了,没关系。"我挥挥手,"我们讲重点。你也许练过乐器?"

"我表哥曾经教我用胳肢窝发出放屁坐垫的声音,你听……"

"不,不用了,我相信你真的会。"我说,"感觉你们哥俩儿真的有很深刻的情感交流。你会杂耍吗?转盘子?耍火棍?"

"不,不会。我都没试过,但我愿意试试。"伯纳回答。

看来事情比我想象中还难。最后,我们两个人都挫败地瘫坐在前门楼梯上。这时,我听到口袋传出滴答一声,我伸手进去,拿出牛仔女孩归还给我的指南针。

"那是什么?"伯纳问。

"哦,据说是有魔法的指南针,是我在莫里斯大爷的魔术秀上拿到的。事实上他没那么了不

起,但还算是个好玩的家伙,就一个老人而言。"

就在我说这些话的时候,我大脑的灯泡终于亮起了。

"我知道你的才艺是什么了!"我告诉伯纳,并搓了搓下巴,像是邪恶的天才或大变身综艺节目里的教练。

"对,对……"我说,"太——棒了!"

"天哪,我死定了!"伯纳倒抽了一口气。

56
喜剧天才

俗话说得好,时光飞逝,尤其是当你强迫朋友做他们不想做的事情时。不知不觉中,学校的才艺展示会来临了,就在今晚。

"觉得神奇吗?"我问伯纳。

我们站在后台,伯纳披着斗篷,戴着魔术师的帽子,我穿着饰有小金属片的裤子和背心。我认为我们看起来很气派,不过伯纳的脸绿得很病态,开始跟我身上的金光格格不入了。

"别紧张,"我说,"不过是满屋子观众和几个评审罢了。哦!你看下一个表演者是谁!是眼罩佐伊,我忘了她也要表演。"

伯纳的脸由绿转灰了。我们看着佐伊和她的朋友一起表演,见证了她们表演到一半时开始打架,然后被老师们拖下台的场景。之后的表演者是金属乐团、诗人,以及另外三组表演跳舞的女孩(她们也在舞台上吵了起来)。

"我真爱看她们打架。"我悄悄对伯纳说,"哦,下一组就是我们了。"

"现在,"主持人正在念他的主持词,"让我们欣赏神奇伯纳和他的帅哥助手带来的魔术秀!"

所有人都拍手了,包括坐在前排的伯纳的爸爸和戴着假发的佐伊,而我们在掌声中推着一个柜子上台了。

"我的第一个魔术是,"伯纳轻声说,"把我的助手变不见。"

"什么？"体育馆后方的某人大喊，"讲大声一点儿，孩子，我们听不见！"

"我说，"伯纳用大了一点点的音量说，"我现在要把我的助手变不见！"

我用手肘顶了一下伯纳。

"我的帅哥助手。"他改口道。

人群之中传出窃窃私语声。

"什么助手？"

"你有看到第二个人吗？"

"这孩子疯了吗？"

我展现出平时的优雅气质，缓缓地走进柜子里。伯纳关上门，接着，他做出夸张但别扭的炫耀性动作：神气地走来走去，双手挥舞，喊了好几次"阿拉卡赞！"之后打开门，里头……

空无一人！

"耶！"伯纳说。

嗯，我得说，那时体育馆内安静到连小老鼠打嗝儿和跳蚤搔痒的声音都听得见，我从来没见过这么多人同时把嘴张得大大的，眉头困惑地皱成一团。

但就在这时……耶！我听到角落里传来了咯咯的笑

声,事实上,应该说是捧腹大笑才对。而这个笑仿佛有传染性,等我回过神来时,笑声已经变成从四面八方传来了,而且越来越大声,像是摇滚乐队演奏的音乐。

伯纳的下一个魔术是把隐形的助手切成两半,观众看完还是为他鼓掌。

他让隐形的我飘到空中时,观众咯咯笑个没完;他让我的身体通过银色呼啦圈时,他们发出欢呼;等他把剑刺进我的幻想脑袋里时,观众直接发出了无法控制的号叫。

"喜剧天才!"他们喊着。

"目前为止最有趣的表演!"

"神奇伯纳得第一!"

57
不再隐形

表演结束后,好几个同班同学来找伯纳说话,而我在一旁看着。当中一些人的名字,我今晚才第一次听到。

你应该要当职业喜剧演员。他们说。

你怎么会想出这么棒的点子?他们问。

你应该要跟我们同桌吃午餐。

甚至还有更好的事在后头。

星期一,伯纳获选为接力比赛的倒数第四棒。倒数第四棒!他通常根本不会被选上,因此这是一大进步。比赛期间,他不需要再躲在树丛里,也不需要树叶的帮助了。

星期二,伯纳举手回答爱达荷州首府的所在位置,这是他今年第一次在课堂上举手。午餐时间,他并没有自己一个人吃饭。学校校车抵达伯纳家时,他的存在感也很强,因此司机并没有忘了停车。

星期三，佐伊（眼睛康复后看起来更可爱了）问伯纳要不要一起去学校舞会，伯纳说他大概会过去看看，而佐伊说到时见。听好了，她说的是"到时见"！对小学四年级的人来说，这跟宣布订婚没什么差别了。

星期四，校长把才艺表演的奖杯颁给伯纳，是第一名奖杯，正面的小金属牌上甚至刻了"神奇伯纳"四个字。而下面的几个字是最惊人的：以及他可爱的助手。我成名了！天降好运了！

一切都很棒。

棒到我到了星期五才察觉了悲伤的事实——我该走了。

隐形的男孩不再隐形，他再也无法到处乱飘，无法在比赛时躲起来或不参加了。因为现在大家看得见他。

因此我离开了。

我并不想说再见。

我知道他会叫我留下来。如果他说了，我就会照做。伯纳就像是乌龟，才刚刚把头探出自己的壳。假如我待在他身边，他稍微受到惊吓就会缩回有我陪伴的壳中。而我不希望伯纳躲回去，绝对不希望。我想保有现在感受到的骄傲——我真的帮助别人改变了他们的人生。而我认为，那份骄傲会让我的隐形程度稍微下降一些。对,我要回到重新派遣办公室解释一切,然后他们就会给我一个新家。

我看着伯纳擦亮奖杯,看他跟新朋友一起欢笑,发现他已经变了好几个魔术,而且变得很好。不过最棒的地方在于:神奇伯纳总算让自己不再隐形了。

58
八千亿颗新星

我离开了,朝未知前进。我想,应该会去一个新的指派地点吧,"我的地图"上的一个新的起点。

伯纳也有自己的地图,而且是真的很特别的那种。你也知道,有些地图乍看像空白的羊皮纸,但只要使用正确的超级解码眼镜去看,细节就会一点一点浮现。美人鱼礁湖、魔术师山,对,还有颜色——没有被命名的颜色,都在属于伯纳的地图上。

没有其他地方可去的我前往重新派遣办公室。我说我不需要填表格,也不回答任何问题,我甚至把表格揉烂,制造了戏剧的效果。我心想,反正送我到小朋友最需要我的地方就对了。我在无人的等待室内等着,叫到我的号码时,我穿过小门,迎接我的新人生。不管发生什么事,我都准备好要迎接了。

但我忘了自己在旅程开头时的经历：不填表格，就会被送进幻想空间，就得在黑暗中等待，而且可能得等很久、很久。

那正是我现在的状态。

我决定假装自己是在玩捉迷藏游戏。我想象着，黑暗之外正发生着各种各样的事：

就在我躲在这个玩具柜的期间，十亿又六十四万个小婴儿诞生了，还有八千五百八十六个物种灭绝，四百八十座火山爆发，一千两百个人死于椰子砸中头，四百一十六个星期一过去了，然后是星期二、星期三、星期四、星期五，月亮绕地球转了一百零四圈，银河系中有八千亿颗新星诞生。

不过对我来说，星星并不存在。我的周遭只有黑暗，而黑暗开始带着我远去。

一切都越来越淡了。

我的记忆仿佛是沙雕，而且还被随意放在离水非常近的地方。它们变得轻飘飘的，没有实体，几近隐形。我不知道该如何留住它们。

首先，名字当着我的面离去。

J①像泡泡那样飘走,接着 A、C、Q、U、E、S 也被一把捞走。PAPIER 这几个字母花的时间稍微长一些,先是墨水糊掉,接着字母分解成飘浮的碎块儿。P 那月亮的弧度跟 E 的叉子尖端钩在一起,跳起折纸字母的探戈,然后逐渐消失。

接着,我放手,让我画的地图,喜欢的歌,每一个我相遇、相识、重视的人离我而去。再见了,芙乐的善良,妈妈的耐心,爸爸对各种事情发出的惊叹。再见了,皮埃尔的创造力,莫拉的贴心,伯纳的勇气。永别了,牛仔女孩,臭袜子,可怜先生,还有其他所有幻想朋友。永别了,你们曾给予我的关心、鼓励和帮助。所有的记忆都摆动着鳍游远了,像是一群从未存在过的隐形飞鱼。

之后,我真的是孤身一人了。

所知的一切都离你而去后,你到底是谁呢?

没有身边的人提醒你背负的角色是什么,也没有记忆带给你悔恨或温暖的话,你又算是谁呢?

如果你完全想不起自己曾有的模样,那现在又会是什么模样?你会呈现出什么样的外形?

---

①雅克·帕皮尔的英文是 Jacques Papier。

如果你没有记忆,晚上会做什么梦?如果你不记得任何歌曲,那会是什么样的音符在你脑海中重复响起?

一切都淡去后,我在黑暗中试着看自己。当然,我并没有特定的外形,但那不要紧,我已经知道特定的外形并不能代表什么了。那我是什么呢?我的记忆或许消失了,但我所遇到过的人都已经成了我的一部分。他们造就了我。在这样的前提下,我发现,做我自己,就等于是跟他们在一起——与他们的善良、勇气和无私永远在一起。我不需要地图和指南针就能找到我要去的地方,那里是在他们的协助下建立起来的。我要在那个地方放上家具,让它充满笑声和阳光,让爱进驻。我想象自己翱翔在秋雾弥漫的天空中,朝那里前进。当我抵达时,我会知道自己终于到家了,从远方出发,花了那么多时间后,终于到家了。

59
鳃与翅膀与绿色鳞片

时间过了好久好久,我总算脱离黑暗的幻想空间了。起初,我不太确定自己看到了什么。我之前有没有见到过光?还是说,我只是想象我自己见过?

我在一间儿童房里,眼前的画面好像梦,好像我之前见过的所有卧室融合出来的。地板嘎吱作响,远处有犬吠传来,空气中有刚洗好的衣物和松树的味道,还有总算获得自由的迹象。

窗户开着,风吹得窗帘不停地转圈、舞动。这么说或许有点儿蠢,但这一刻我真的有点儿想哭,只有一点点。随风起舞的窗帘竟然是这么美的吗?嘎吱作响的地板,狗叫,斜照进来的光中那舞动的灰尘,竟然都是这么美的吗?我想,只有曾经被困、远离万物,才能真正懂得欣赏万物的美吧。

我在哪里?我是什么?我爬出窗户,来到草地上,低头看我的腿,上面盖满了鲜明的亮祖母绿色的鳞片。我碰了碰自己的脖子,感觉到鳃的存在。然后我动了一下背,震惊地发现自己有翅膀。

我收缩肌肉,翅膀就动了。

"会不会……"我用力地蹬地。不用想也知道,我显然懂飞行的方法。我原本就懂吗?这技能太不寻常了,不像是我做过但忘记了的事。

我很快就掌握了窍门,在天空中越飞越高。

途中,我看到下方金黄色的田野间散布着蚂蚁大小的牛,绿色丘陵起伏着,上面没有房屋,没有篱笆。我看到那绿色衔接到沙地,接着是沙丘,越过水域后有更多房子和道路。我不知道自己要去哪里,但我身体里似乎内置了某种指南针,因此我听着它的指示飞入夜色中。

最后,我感觉自己抵达了,虽然说不出为什么。

我看到下方有条街道,路标上写着"樱桃巷"。我轻轻降落在安静的街区,不过发出的声响还是有点儿大。太阳刚下山,所有在外面玩的小朋友都被叫回家中了。

如果我的内心原本是一张黑白涂鸦,此刻似乎开始有色彩注入。我望向前方的黄色屋子、红色信箱、紫色花朵，门廊灯的四周有一小方温暖的空气，看起来像是一份邀请，像是我即将进入的广阔世界的最后一个前哨。

我对自己说，有个人帮我留了门廊的灯。

60
欢迎回家,雅克·帕皮尔

我走上台阶,来到灯光温暖的房子前,门柱上剥落的油漆给我一种熟悉感。当我看到一棵树的侧面刻着 J 和 F 时,立刻停在原地。

我来过这里,我心想,在很久很久以前。

正当我准备推开纱门时,脚边传来一声吠叫。我低头一看,发现一只狗。它是我见过最老的狗,身体长,脚很短,肚子在地上拖来拖去。它的毛灰灰的,色调不均匀,上了年纪的眼珠子雾蒙蒙的。尽管它的叫声不怎么友善,我却有种奇怪的感觉:我们是认识很久很久的朋友。

或者是认识很久很久的敌人。

"别管它。"

我抬起头,看到门的另一边站着一个大约七八岁的小女孩。她有一头红色的头发,微笑时眼睛闪闪发亮。

"我是菲莉丝,"女孩说,"我很想邀请你进屋里来,但我认为你可能会不太习惯。"

于是,她带我绕到屋子后方,给了我一杯饮料和一盘食物,她说是漂浮着云朵的奶昔和月光烤干酪。我边吃边环顾四周,再度有了同样的念头:我曾在这里玩耍过,曾经跳到这个院子里的树叶堆上,曾经在这里画地图、编出无数个游戏。但是在什么时候呢?跟谁?

后门开了,一个十几岁的女孩走了出来。她和菲莉丝有着相同的红发。

"你说得对。"菲莉丝对年纪较大的女孩说,"我想象了一个朋友,结果他真的来了。我想他是飞过来的。"

"哇!"女孩的双手环住她的妹妹,"会飞的朋友,真特别。他看起来是什么样子?"

"你看不到他吗?"菲莉丝问,"他就在这里,他很大。"

"看不到。"大女孩说,"我这个年纪的人没有幻想朋友。"

"嗯……他看起来像半龙半鱼。"菲莉丝向姐姐说明着,"他吃漂浮着云朵的奶昔和月光烤干酪,但最爱的食物是星尘。"

"哦?"大女孩露出惊讶的表情,但过一会儿后又露出了笑容。"我知道他是什么。"她接着说,"他是大龙鲱鱼。"

菲莉丝思考了一下,然后点点头,认为她姐姐说得一点儿都没错,就跟平常一样。

"他需要一个名字。"菲莉丝说。

"我想他已经有名字了。"她姐姐说。

大女孩刚才说她看不到我。但此时,她却凑了过来,直盯着我的眼睛——真的,我发誓。

这时,我才发现女孩的眼睛让我感到熟悉。她眼珠的颜色像池塘,里头有蓝色的、绿色的和金色阳光似的辐射状条纹。我看着看着就觉得,随时会有鱼弹出那片池塘的水面。

我认得这双眼睛,我心中的某样东西裂开了。我低下头去,发现看不到我的大女孩依偎着我的隐形绿鳞片,然后闭上了眼睛。我不知道她是怎么办到的。就在此时,就在这一瞬间,我们变回了那对小男孩和小女孩。他们一起画过无数的地图,他要当森林勘探队长,而她要当航海家。在仲夏的耀眼日光下,他们在一棵树的侧面刻下 J 和 F 两个字母。他们用小手收集魔法,每天晚上都匆匆忙忙地回家,睡着时,头发上都还带着草叶。

我的心中满溢着爱,觉得心脏就要爆开了。虽然我知道她听不见,虽然我知道我说出来的话将消失无踪,我还是想告诉她。

"芙乐,"我轻声说,"我没忘记你。"

"芙乐,"我说,"我回来了。"

然后她说:"欢迎回家。欢迎你回来,雅克·帕皮尔。"

我要感谢下面这些人,有他们在,我才能展开叙述故事的旅程:

芙乐·帕皮尔、菲莉丝·帕皮尔、爸妈、莫里斯大爷、牛仔女孩、可怜先生、臭袜子、所有东西、重新派遣办公室、皮埃尔、莫拉、佰纳。

最后(重要性并不比前面低哟),我要感谢邪恶腊肠狗弗朗索瓦,因为每个伟大的故事都需要卑鄙小人和肮脏恶棍,不会有人比你更"低"劣啦。

——雅克·帕皮尔

我要深深感谢埃米莉·凡·毕克，我对她的信任和钦佩笔墨难以形容。感谢非凡的编辑南茜·康耐斯库，故事的结尾属于你我。感谢劳瑞·霍尼克，当我（紧张地）问她是否愿意帮这本书画封面时，她回答：好！感谢莎拉·华特尔、乔什·路米尔、杰克·柯瑞和帕特里克·欧唐纳热情地欣赏我画的那些滑稽的插画。最后，我要用雅克·帕皮尔的话感谢我的家人和朋友：

"所有人偶尔都会觉得自己是隐形的……"

确实是。但有你们在，我被那种感觉袭击的频率变得无限低。

——米歇尔·奎瓦斯

书评

幻想朋友的真心话

人人都需要幻想朋友

余治莹/儿童文学作家、海峡两岸儿童文学研究会理事长

初读这本儿童小说，会以为这是个叙述双胞胎姐弟的故事，可是读着读着，越来越觉得悬疑古怪，情节进展仿佛铺盖着一层薄纱，雾里看花让人捉摸不透，却也越来越引起读者的好奇。猛然间，谜底揭晓，这竟是一本奇幻小说，讲述幻想朋友的故事。作者凭借精湛的写作技巧，带领读者逐步贴近主角雅克·帕皮尔，看他行事，听他说话，跟着他一步一步探索，最后领悟出身为一个幻想朋友的存在意义。这是一趟开悟心灵的奇幻之旅，万万不可错过。

讲述小孩儿拥有幻想朋友的故事何其多，却很少以幻想朋友为主角。然而这本《我是你的隐形朋友》却深入探讨孩子们为什么渴望幻想朋友，什么时候需要，什么时候说再见，在生活中有什么样的行为，在心灵深处又是何等的依赖。作者米歇尔·奎瓦斯说过，她很喜欢阅读《爱心树》《小王子》《夏洛的网》等作品，而这几本都是奇幻、隐喻的经典故事。影响所及，米歇尔的作品也带有这些特点，引领读者乘着想象的翅膀，进入她营造的奇幻世界，洗涤心灵，重新思考，感悟出一些哲理，并以全新的观点面对复杂的人生。

许多人，尤其是少年，随着日渐长大，开始会对人生产生疑惑，其中最经典的疑问包括：我是谁？从哪里来？来做什么？将去哪里？作者借由这本书，不仅解答了幻想朋友的存在价值，何尝不是为读者阐述了人生的价值呢？儿童小说不同于其他文学类别，除了通过角色塑造、情节安排以及遣词造句技巧，让读者赏析文学之美外，还能让读者紧随主角，亦步亦趋，一起闯过各种难关，同感喜怒哀乐情绪，历经"认同—洞察—净化—移情—顿悟"等过程，将主角的领悟与成长内化成自己的经验，日后可以勇闯自己的人生路。

这本书的前几章都在讲一个主题，就是"所有人都讨厌雅克·帕皮尔"，叙述他被漠视的种种状况。原本读者都以为这是个受尽不公平对待的可怜的家伙，后来随着情节的推进,赫然发现雅克竟是芙乐的幻想朋友。作者米歇尔趁此详述幻想朋友的最大特点就是隐形,没有人看得见"他"的外形,也没有人感觉得到"他"的存在,只有把"他"幻想出来的小孩儿才知道"他"长什么样子,喜欢什么,"他"的兴趣、愿望和梦想都是什么。

那么,幻想朋友为什么存在呢?换句话说,哪些孩子需要幻想朋友呢?例如书里的芙乐,想象力丰富,拥有幻想朋友长达八年之久,然而在父母眼中却是行为异常,需要求助儿童精神科医生的小孩儿;还有那个拥有肉丸子三明治幻想朋友的世界上最肮脏的小男孩,一天到晚制造混乱,老是挨洁癖爸妈的骂;也别忘了喜欢扮演银行抢匪以及动物园管理员的疯狂皮埃尔,是多么需要同伴与他一起行动;还有那些会幻想出衣柜怪物、床底怪物的胆小的小孩儿……从这些罗列出来的名单中,不难想象,这世界上还有许许多多的小孩儿需要幻想朋友听他们说话、陪伴他们。

没错,根据研究,在三到七岁左右的孩子中,有大约百分之六十五的孩子拥有一位以上的幻想朋友,而且这种现象甚至会延续到他们的青少年时期。幻想朋友是孩子自身需求的投影,他们渴望有人陪伴与支持,与他们一起忍受孤独与恐惧，他们希望通过幻想朋友来表达自己真实的想法。然而，许多父母不了解这是心理成长的一个阶段，常常过于紧张而加以干涉，从而造成孩子的不安，甚至反抗。期望成人读者在陪伴孩子阅读过这本儿童小说后能够理解幻想朋友的存在，进而也能拓展丰富的想象力。

书里作为幻想朋友一员的雅克，形体并非一成不变的，而是随着那些幻想出他的孩子的需求，一直在变化。刚开始是芙乐的孪生弟弟，后来是皮埃尔的同伴，莫拉的宠物腊肠狗，最后是菲莉丝的大龙鲼鱼。作者米歇尔借此说明孩子的渴求决定一切，包括幻想朋友的样貌，只要肯想象，"他"真的会飞过来。

雅克一直不知道自己到底是什么，不清楚自己到底能够做什么。在芙乐身边时惊讶自己竟是幻想朋友，在皮埃尔身边时只是无奈地配合行动，他一直渴望自由，渴望摆脱作为幻想朋友的身份。直到成为莫拉的腊肠狗后，他才开始有所作为，鼓励莫拉展现责任感，帮妈妈洗衣服，帮爸爸擦皮鞋，主动做作业，直到莫拉的行为被肯定，终于获得一只真正的小狗。这是雅克第一次感受到帮助小朋友的快乐。而帮助极度想让自己"隐形"的伯纳，更让雅克肯定了自己身为幻想朋友的重要性。他鼓励伯纳参加学校的才艺展示会，成功地让大家感受到了伯纳的存在，让伯纳交到了许多朋友。雅克骄傲地发现，他有能力改变小朋友，这是件多么神奇的事。他终于找到幻想朋友存在的意义了。

其实，不仅小孩儿，有些大人也需要幻想朋友。书里的芙乐后来虽然长大了，不再时时刻刻需要幻想朋友，但是当雅克再次出现在她眼前，她仍然感受得到他，并欢迎他回家。

作者米歇尔是美国弗吉尼亚大学创意写作艺术硕士，写作时自然力求创意。这次，她以新颖的角度描述幻想朋友，透过有趣的故事情节，让读者理解"他"的真实存在。作者期望通过这本书，能帮助读者很快找到自己的幻想朋友，从而拥有一个不一样的人生。

阅读这本儿童小说，不妨采取三阶段阅读法：第一阶段是快速读完全本内容，满足好奇心，也对整个故事有个概念性的了解；第二阶段是仔细阅读文字，了解写作架构与故事曲线，推敲作者是如何展开故事，然后循序渐进地剖析雅克的自我成长历程，并醒悟这其实也是每个人的生命教育之旅；第三阶段是建立自己与书的关系，透过这

个故事省思自己对幻想朋友的需求，是处于渴求初期——想要什么样的幻想朋友，还是处于密合期——想着跟现在的幻想朋友如何相处，或是处于怀念期——对于曾经的幻想朋友有着怎样的回忆。更有趣的，是否可以再找一个终身的幻想朋友，随时呼唤出来聊一聊，让自己的生活偶尔奇幻一下呢？

  一个好的故事会影响读者的思维、情感以及处事的方式，期望这本充满奇幻、引人深思的儿童小说，可以带给大家不同的启示。

《我是你的隐形朋友》教学设计

欧　雯／儿童阅读推广人、教师

【作品赏析】

这真是一部独一无二的有趣"自传"。

如果没有双胞胎姐姐芙乐不离不弃的爱和陪伴,小男孩雅克一定会对这世界失去信心——没有人喜欢他,老师忽略他、同学遗忘他,就连家里的腊肠狗也嫌弃他。

而正当我们为芙乐的善良感动、对雅克的遭遇深表同情时,毁灭性的真相竟同时将我们和雅克炸了个措手不及。原来雅克并不是芙乐的弟弟,他只是芙乐想象出来的"幻想朋友"!

这个重磅炸弹本身就充满了诱人的悬念。知道了真相的雅克想要知道自己的未来会怎样,他迫切地想要成为一个独立存在的、不是与星星一般没有归属感的"真实的人",于是,他踏上了寻求自由的旅程。

这趟旅程是多么惊心动魄呀!他遇到了一群稀奇古怪的幻想朋友——由扣子、旧鞋子、香蕉皮等等各种玩意儿拼凑而成的"所有东西",臭到令人呕吐发狂的"臭袜子";后来变成了一小片绒毛的"牛仔女孩"……他还遇到了一群性格各异的幻想主人——每天都有新想法的疯狂的皮埃尔,渐渐帮助雅克找到责任感与独特性的小女孩莫拉,以及内心装满各种颜色却只想让自己变得透明的男孩伯纳……在这些神奇又有趣的遇见里,在这趟有点儿刺激又满含温暖的历险里,雅克终于完成了"讨厌自己—迷失自己—寻找自己—看见自己"的成长历程。

在这部新鲜特别的自传里,书里的主人公边写边发现自己的身份,边写边找到自己存在的意义;而书外的我们,边读边为主人公的曲折历程紧紧揪心,边读边把成长的疼痛和蜕变的喜悦纳入胸膛。

真的要为这个用非凡的想象力造就的故事喝彩!且不说故事本身写的就是想象出来的幻想朋友,单从故事里大段大段精彩纷呈、天马行空的语言描述,从人物角色的有趣设定和"所有东西""臭袜子"等这些令人捧腹的名字,从"必须服从幻想朋友派遣办公室的派遣""变成自己最讨厌的腊肠狗"这样的惊喜桥段中,我们就已无时无刻不在作者飞扬的想象力里驰骋和享受!想象力是什么?是一场历险,带我们穿越层层悬念;是一份礼物,于幽默中透着哲思与顿悟;是一股力量,指引我们找到自己,抵达真实的内心。

而更重要的——想象力,就是一颗扑通扑通雀跃着的童心,那样珍贵,那样难得。这颗童心,作者有,雅克有,孩子们有,愿我们每个人,都有。

【话题设计】

1.芙乐说:"世界上有很多真实存在的东西是摸不到也看不到的。有音乐、愿望、地心引力,有电,还有感情、沉默。"你认为还有什么东西也具有这样的特质——真实存在,却又摸不到也看不到?写下来,并与同伴互相交流。

2.在芙乐的帮助下,雅克终于向着梦寐以求的自由起航了。当他睁开眼睛,独自面对四周的黑暗时,他想到了哪些人、事、物?为什么他会想到这些?在你看来,这说明了什么?

3.雅克离开芙乐之后,多次去了幻想朋友派遣办公室,请你记录下雅克每次去接受派遣时的不同心情,并想一想,在这过程中雅克的心态发生了哪些变化?为什么会发生这样的变化?

4.为什么雅克和溜冰牛仔女孩各自都变样了,却依然能够认出对方?你认为区别一个人与他人的显著特性可以通过什么表现出来?是外表还是其他?

5.你如何评价伯纳这个人?雅克帮助伯纳这个隐形的男孩变得不再隐形,而伯纳的出现对雅克来说是否也有着重要的意义?如果有,说说是什么。

6.幻想朋友匿名会的箴言是"我的感觉决定我的隐形程度,幻想与否并不重要",你认为这句话是什么意思?

7.雅克离开芙乐后,是否如愿以偿找到了自己,找到了自由?"有所归属"与"做自己"之间存在冲突吗?真正的自由究竟是什么呢?说说你的看法。

8.在这本书里,多次集中出现了"星期一""星期二""星期三""星期四""星期五"这样的表示时间的词,找找哪些地方以这样的方式来罗列一周发生的事情。并且,"星期五"发生的事情总是与前四天大不相同,你发现了吗?

9."埋下伏笔"是文学创作中常用的一种描写、叙述的手法,指作者对将要在作品中出现的人物或事件,预作提示或暗示,以求前后呼应。《我是你的隐形朋友》里也有几处这样的预设。例如第四章中写到了雅克在学校如何被忽视,作者已在此处埋下了"雅克的身份其实是芙乐的幻想朋友"的伏笔。请你找一找,作者还在本书中的哪些地方埋下了伏笔?这样的写法给你什么样的感觉?你喜欢吗?

10.作者米歇尔·奎瓦斯对语言文字的运用能力可谓出神入化。在描写莫里斯大爷时,作者这样写道:

"莫里斯很老,并不是祖父甚至曾祖父那种程度的老,他真的很老很老。他要是吃生日蛋糕,花在蜡烛上的钱肯定会比蛋糕本身还多。我认为连他记忆中的画面都是黑白的。"

"还有他的魔术!魔术是最糟的部分。他曾经从留声机里变出一只鸽子。天哪,留声机呀!他至少有一千岁了吧!"

"莫里斯太老啦……他的成绩单上面都是象形文字。"

"莫里斯太老啦……他出生时,死海还没'死',咳嗽咳不停。"

哇!原来形容一个人很老,还可以有这样独特的写法。这些描述既幽默又贴切,读来令人忍俊不禁又不由得点头称妙。来挑战一下自己吧!试试这样有意思的表述。

老师很忙,_____

11.拥有旺盛的想象力究竟是件好事还是坏事?说说你的看法吧!

12."'所有人偶尔都会觉得自己是隐形的……'确实是。但有你们在,我被那种感觉袭击的频率变得无限低。"作者在后记中用这句话来感谢自己的家人和朋友。你有过相似的感受吗?如果有,当你从"隐形"到"被看见",是什么帮助你改变,给了你力量?

【延伸活动】

1.你好,我的幻想朋友!

拥有一个属于自己的幻想朋友,真是件超级酷的事情。

你瞧,芙乐与雅克就如同双胞胎一样形影不离,互相了解,芙乐知道自己的幻想朋友雅克喜欢吃什么,哪里痒,脑子在想些什么;而雅克也用自己的幽默和体贴带领芙乐在想象的世界里自由穿行。

雅克特别想知道自己长什么样子,也曾幻想自己的幻想朋友有着"花做的心脏"、是个"巨人"、"看起来像颗土豆"……

那么,你呢？你的小脑瓜里,是否也住着你的幻想朋友？如果愿意,告诉我们他/她的模样吧,也可以说说你们一起做了什么。

你好,我的幻想朋友!

2.制作一份专属地图

雅克和芙乐拥有一份属于他俩的地图。这份地图上有不假思索就画上去的地方,例如青蛙池塘、有最棒的萤火虫出没的田地、刻着他们名字第一个字母的大树;也有他们的世界里恒久不变的地点,例如玩偶店山、弗朗索瓦峡湾、爸妈巅;最特别的是,这份地图上有着只有他俩才能找得到的地方,这些地方真棒呀——流淌着泪水的小溪、埋着时空胶囊的洞、人行道上的粉笔画廊、打破雅克攀爬高度纪录的树，以及收藏芙乐微笑的橡树洞……这是只有雅克和芙乐看得到的世界，是好朋友之间才拥有的私密空间。

多么有画面感的描述啊！

你和你的好朋友之间，是否也有这样只属于你们的专属地图存在？如果愿意与我们分享，请你拿起画笔，把它描绘出来吧！

3.装满哲思的金句列车

在《我是你的隐形朋友》这本书里，作者米歇尔·奎瓦斯写下了许多金句。

"如果我们有能力看见别人身上隐藏的面貌，那我们看到任何人都会产生敬畏。"

"我猜，人无法随时了解自己的特质，是因为我们站得离自己太近了，就像花低头看，会以为自己是茎。我猜，最重要的，是你要相信自己，相信自己是特别的。还有，你身旁的人所能看到的你，比你自己知道的你，要多得多。"

这些金句意味深长，常常引发我们的思考。在阅读本书的过程中，不妨将这些句子装进金句车厢，经常读一读，想一想，也许有一天，这列金句列车会带你去往意想不到的远方。

金句专列 | 如果我们有能力看见别人身上隐藏的面貌,那我们看到任何人都会产生敬畏。

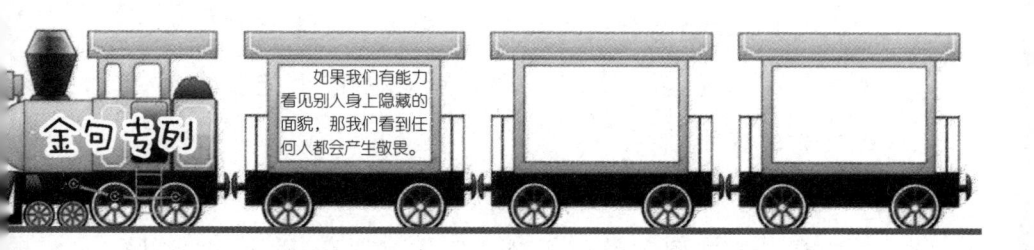

4.我的"愿望清单"

翻到这本书的 71 页,我们能看到雅克写下的获得自由后的待办事项列表。你的心里一定也藏着属于自己的"愿望清单",无论是志在必得的梦想,还是天马行空的幻想,都是在还能拥有幻想朋友的年纪里最值得珍藏的心愿。写下来,便是实现愿望的第一步。祝你愿望成真!

我的愿望清单

5. "没词"可用

"因为你要是仔细想想,就会发现世界上的词根本不够多。比方说,我们没有一个词可以称呼'月光投在地上的发亮的方块'。"

"有时候你想要介绍某人,却忘了他的名字。大家都会在那时感觉到恐慌的折磨,但你却没有一个词可以形容那种感受。"

有些状态的确没有一个专门的词来表述。仿照作者的写法,你也来写几句:

我们没有词可以称呼(　　　　　　　　　　)

我们没有词可以称呼(　　　　　　　　　　)

我们没有词可以称呼(　　　　　　　　　　)

6. 续写自传

在经历了一连串的历险与成长之后,雅克又回到了芙乐的家,成为妹妹菲莉丝的幻想朋友——大龙鲥鱼。雅克与菲莉丝之间又会发生怎样的故事呢?重回到芙乐身边,会唤起他们彼此怎样温暖的回忆呢?雅克后来又去过幻想朋友匿名会吗?他又会遇到怎样的幻想朋友和主人?总之,雅克的故事并没有结束,请你帮他把精彩的自传继续写下去吧!

【写给爸爸妈妈的亲子共读建议】

1.《我是你的隐形朋友》获得了"2016年意大利安徒生儿童文学奖",并入选了"《时代周刊》2015年十大童书"。无疑,这是一部优秀的童书,但它绝不仅仅是写给儿童的,这个有关"幻想"的故事,一定也唤起了书外与孩子一起共读的家长朋友们内心的共鸣。亲爱的爸爸妈妈们是否也想起了自己的童年,想起童年里的小趣味、小心思,想起曾经也带给自己无限乐趣、陪伴自己一路成长的幻想朋友?那么,读完这本书后,和孩子一起聊聊吧,聊聊幻想朋友曾经带你去了哪些神奇的地方,聊聊想象力究竟有着怎样不可思议的力量,聊聊童年里最深刻的记忆,抑或是,静静地倾听孩子讲讲属于他/她的幻想朋友。

2. 芙乐的爸爸妈妈幽默而体贴,伯纳的爸爸是个职业级的书呆子,世上最脏的小孩儿偏偏有一对洁癖偏执狂爸妈……每个孩子背后的父母,都在不知不觉、时时刻刻地赋予孩子正面或负面的影响。也许这个故事也能引发我们亲爱的爸爸妈妈的思索,在为人父母这份职业里,我们给予孩子的,是什么?是压抑还是宽容?是漠视还是支持?是有条件的爱还是心无旁骛的陪伴?

3. 拥有无边的想象力,是童年时代最鲜明的印记,也是孩子身上最值得成人去珍视和保护的特质。在孩子们还能拥有幻想朋友的时候，请尽一切努力去呵护这份想象力，和孩子一起期待圣诞老人午夜降临，一起为月亮上的玉兔歌唱，这是对儿童的尊重，对童年的尊重。

4. 非凡的想象力曾经成就了无数优秀的儿童文学作品，将这些作品带到孩子面前吧！和孩子一起去感受其中飞扬奔放的想象力、无与伦比的语言艺术，以及蕴含在天真有趣的故事背后的深刻哲思。借由文学，在孩子心里种下真、善、美的种子，总有一天，它会开花，光耀生命。